知識工場
Knowledge is everything！

Knowledge is everything！

跟著日本老師學得快

初學者大丈夫，**50音**、**單字**、**會話**一次上手！

在最短時間內，從不會50音到一口流利日語！

超值附贈

藤井智子◎著

適用對象：完全零基礎的日語學習者

MP3帶著走
日籍老師親錄發音

功夫
カンフー

火箭
ロケット

耶誕節
クリスマス

夏天
なつ

計程車
タクシー

老虎
とら

蛋包飯
オムライス

前言

自學日語，大 丈 夫 <ruby>丈<rt>だいじょうぶ</rt></ruby>！

大家好，我是藤井智子。

在台灣，會說日語的人似乎比想像中還多呢，大家都或多或少會說一些簡單的日文，例如：喔伊西一（おいしい，好吃），或是喔嗨唷（おはよう，早安），而且經常能在點心的包裝和店家的招牌上看到日文字的出現（雖然不一定是正確的），這些都讓我覺得臺灣好親切！

過去我曾與知識工場合作《跟著日本人這樣寫50音～最正確的あいうえお練習簿～》，此書受到了廣大的讀者與學校的好評，我既驚訝又開心，真心希望臺灣的讀者們都能輕鬆、快樂地享受「學日文」這件事，進而更喜歡日本的一切！

這一次的新書是專門為「完全零基礎」的日語學習者量身打造的學習書，我將從日語50音的あいうえお開始，搭配相關插圖與習字格，讓讀者們可以毫無壓力地學習書寫日文，等到50音都熟練了，我們再一起來練習寫和說生活上經常會用到的單字和會話吧！同時，內文還收錄了「智子老師有話說」，是和大家分享日本有趣文化的小單元，以及「智子老師小說明」，我們再一起複習一次會話中出現的關鍵文法。

自學日文的你，不用擔心，從來沒學過日文的你，更不用擔心！

本書特別針對臺灣日語初學者的學習習慣編著，完整收錄50音與精選的生活單字、會話，採用最簡單、最直接、最正確的解說方式，搭配相關插圖與清楚解說，希望讀者們跟著智子老師一步一步學習，就能寫出、說出連日本人都覺得思勾以！（すごい，厲害）的好日文喔！

藤井ともこ

User's Guide
使 用 說 明

跟著藤井老師一起學習日語，
沒學過也能快速上手哦！

2 搭配MP3一起學習背誦，除了發音標準，還能更道地，日本人都是這樣說！

3 選出此假名開頭，讀者最容易記得的單字插圖，讓讀者看圖就忘不掉。

1 標示出此單元的主題，例如50音中的平假名、片假名、濁音、半濁音、單字、會話等。

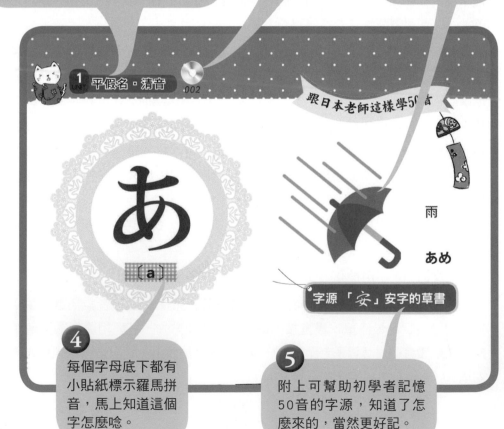

1 UNIT 平假名・清音　.002

跟日本老師這樣學50音

あ
〔a〕

雨

あめ

字源「安」安字的草書

4 每個字母底下都有小貼紙標示羅馬拼音，馬上知道這個字怎麼唸。

5 附上可幫助初學者記憶50音的字源，知道了怎麼來的，當然更好記。

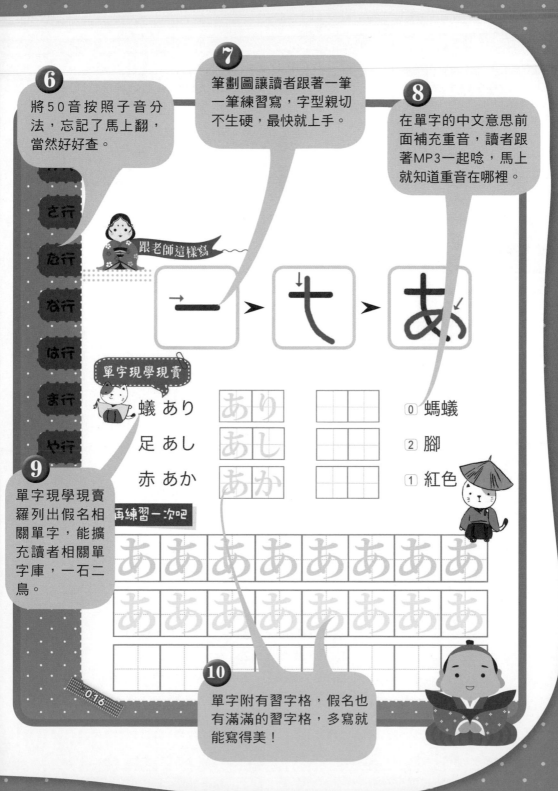

6
將50音按照子音分法，忘記了馬上翻，當然好好查。

7
筆劃圖讓讀者跟著一筆一筆練習寫，字型親切不生硬，最快就上手。

8
在單字的中文意思前面補充重音，讀者跟著MP3一起唸，馬上就知道重音在哪裡。

さ行
た行
な行
は行
ま行
や行

跟老師這樣寫

一 → 七 → あ

單字現學現賣

蟻 あり あり ⓪ 螞蟻

足 あし あし ② 腳

赤 あか あか ① 紅色

9
單字現學現賣羅列出假名相關單字，能擴充讀者相關單字庫，一石二鳥。

再練習一次吧

あ あ あ あ あ あ あ あ
あ あ あ あ あ あ あ あ

10
單字附有習字格，假名也有滿滿的習字格，多寫就能寫得美！

016

contents
目　　錄

Unit 1
跟日本老師這樣學50音

Unit 2
跟日本老師這樣學單字

Unit 3
跟日本老師這樣 學會話

基礎會話

情境會話

Unit 1
跟日本老師這樣學50音

清音

清音原本有50音，但是因為：

❶「や行」い段的（yi）被「い」取代

❷え段的（ye）被「え」取代

❸「わ行」う段的「う」是重複的

❹「ゐ」（wi）跟「ゑ」（we）二字在現代日語已經不使用

❺「わ行」的「を」只做助詞使用

所以，加上鼻音（也就是撥音）「ん」，現在實際使用的只有46音，

但還是通稱50音，要記住哦！

平假名

平仮名（hiragana）是日語中表音符號的一種，

用來標示日本固有的和語或漢語發音，

是日語裡面使用最頻繁的文字了！

片假名

片仮名（katagana）是日語中表音符號的一種，

用來標示外來語、外國人名或地名、

擬聲語、擬態語等特別需要強調的詞彙。

促音・長音說明

 促音

　　促音出現在「か行」、「さ行」、「た行」、「ぱ行」音前面的一個特殊音，寫成小的「っ」、「ッ」。發音時這個小「っ」、「ッ」是不發音的，要暫時停頓一拍。因為停頓的時間很短暫，所以叫做促音。

　　例如：せっけん（肥皂）、きっと（一定）、きって（郵票）、せってい（設定）。

長音

　　「あ」、「い」、「う」、「え」、「お」是日語的母音，而日語的母音有長短之分，長音就是兩個母音一起出現時所形成的音。也就是說，當兩個母音同時出現的時候，就要把前一個音節的音拉長一倍發音。在片假名中，標示長音的符號是「―」，務必要說得確實哦。

　　例如：メール（郵件）、ケーキ（蛋糕）、カード（卡片）、プリンター（列印機）。

　　例如：

❶「あ」段音＋「あ」：當「あ」段音（あ、か、さ、た……）的假名又接上「あ」的時候，前面的假名就要讀長一拍，而後面的「あ」就不用讀出來。

像是：おかあさん（母親）→かあ要讀成かー，か要拉長成兩拍。

❷「い」段音＋「い」：當「い」段音（い、き、し、ち⋯⋯）的假名又接上「い」的時候，前面的假名就要讀長一拍，而後面的「い」就不用讀出來。

像是：おにいさん（哥哥）→にい要讀成にー，に要拉長成兩拍。

❸「う」段音＋「う」、「お」：當「う」段音（う、く、す、つ⋯⋯）的假名又接上「う」、「お」的時候，前面的假名就要讀長一拍，而後面的「う」或「お」就不用讀出來。

像是：ふうふ（夫婦）→ふう要讀成ふー，ふ要拉長成兩拍。

❹「え」段音＋「い」、「え」：當「え」段音（え、け、せ、て⋯⋯）的假名又接上「い」、「え」的時候，前面的假名就要讀長一拍，而後面的「い」或「え」就不用讀出來。

像是：おねえさん（姊姊）→ねえ要讀成ねー，ね要拉長成兩拍。

❺「お」段音＋「う」、「お」：當「お」段音（お、こ、そ、と⋯⋯）的假名又接上「う」、「お」的時候，前面的假名就要讀長一拍，而後面的「う」或「お」就不用讀出來。

像是：いもうと（妹妹）→もう要讀成もー，も要拉長成兩拍。

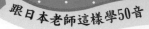

重音說明

　　重音就是「アクセント」，當讀者朋友們在唸日語的單字時，會在不同的音節上出現高低起伏的音調，這就是重音「アクセント」。

　　在書籍跟字典上通常都是用 0、1、2、3、4……的方式來標示重音的，例如：0表示此字彙沒有重音，1表示此字彙的第一個音節是重音，2表示第二個音節是重音，其他數字依此類推。

　　區分如下：

平板型的標記是0，指只有第一個音節發較低的音，第二音節以後發一樣高的音。
例如：さくら（櫻花）、つくえ（桌子）

頭高型的標記是1，指只有第一個音節發較高的音，第二音節以下都發較低的音。
例如：ちゅうごく（中國）、めがね（眼鏡）

中高型是第一音節跟重音之後的音節要發較低的音，而中間音節

發高音，所以要有三個音節以上的單字才會出現中高型。中高型有三音節的字的話，標記是②，四音節的字可能是②或③，五音結的字可能是②或③或④，以此類推。

例如：せんせい（老師）、みそしる（味噌湯）

尾高型

尾高型是第一個音節低，第二個音節以後發一樣高的音，如果後面接助詞的時候，助詞要發比較低的音。尾高型有二音節的字的話，標記是②，三音節的字標記是③，四音節的字標記是④，以此類推。

例如：あたま（頭）、やま（山）

★每個單字的音節數量是看它有幾個假名，要記得，拗音、促音、長音也都算一個音節哦。

★重音是很重要的哦，如果是同樣的假名，你的重音卻發錯了，就會讓日本人聽得滿頭霧水，頭都歪一邊了，所以記單字的時候要多唸幾次，把單字的重音一起記住哦！例如：あめ①（雨）和あめ⓪（糖果），はし①（橋）和はし②（筷子）。

★當你想要在網路上查詢單字的重音時，可以到Yahoo Japan的這個網址http://dic.yahoo.co.jp/，輸入你要查的單字，再按下右邊的「辞書検索」，接著找到下方的「国語辞書の検索結果」，按進你要查的單字裡，將上方的「国語辞書切り替え」從「大辞泉」按到「大辞林」，就能看到你要查的單字右下角有一個數字了，那就是這個單字的重音。

＊只有「大辞林」才查得到重音哦！

清音・撥音表

　　日語的文字是由「假名」與「漢字」組成的，「假名」又分為「平假名」與「片假名」兩種。

　　很久以前的日本並沒有文字，直到跟中國有了交流之後，引進了中國的漢字作為書寫的工具，但是又因為漢字的筆劃繁複，書寫不便，為了因應實際需要，就將漢字的草書簡化成「平假名」，然後將漢字的偏旁化成「片假名」。

　　以發音來分的話，假名可以分成清音、撥音（鼻音）、濁音、半濁音、拗音、促音、長音七種。

　　下一頁的五十音表指的是清音與撥音的發音表，其中橫的是母音的變化，直的是子音的變化。每一個直列照順序，叫做あ段、い段、う段、え段、お段，每一橫行照順序，叫做あ行、か行、さ行、た行、な行、は行、ま行、や行、ら行、わ行，要照順序背哦！

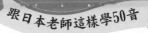

跟日本老師這樣學50音

五十音表（平假名・片假名） 001

	あ段	い段	う段	え段	お段
あ行	あア **a**	いイ **i**	うウ **u**	えエ **e**	おオ **o**
か行	かカ **ka**	きキ **ki**	くク **ku**	けケ **ke**	こコ **ko**
さ行	さサ **sa**	しシ **shi**	すス **su**	せセ **se**	そソ **so**
た行	たタ **ta**	ちチ **chi**	つツ **tsu**	てテ **te**	とト **to**
な行	なナ **na**	にニ **ni**	ぬヌ **nu**	ねネ **ne**	のノ **no**
は行	はハ **ha**	ひヒ **hi**	ふフ **fu**	へヘ **he**	ほホ **ho**
ま行	まマ **ma**	みミ **mi**	むム **mu**	めメ **me**	もモ **mo**
や行	やヤ **ya**		ゆユ **yu**		よヨ **yo**
ら行	らラ **ra**	りリ **ri**	るル **ru**	れレ **re**	ろロ **ro**
わ行	わワ **wa**				をヲ **wo**
鼻音	んン **n**				

跟日本老師這樣學50音

あ行
か行
さ行
た行
な行
は行
ま行
や行
ら行
わ行
ん

〔a〕

雨
あめ

字源 「安」安字的草書

跟老師這樣寫

一 → 七 → あ

單字現學現賣

蟻 あり 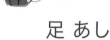 ⓪ 螞蟻

足 あし ② 腳

赤 あか ① 紅色

再練習一次吧

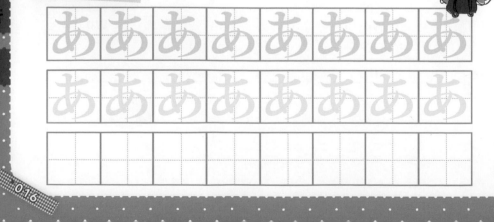

跟日本老師這樣學50音

ア

【a】

美國

アメリカ

字源 「阿」阿字的偏旁

跟老師這樣寫

 ﹥

單字現學現賣

アイ ｜ アイ ｜　　　｜　① 眼睛

アイロン ｜ アイロン ｜　⓪ 熨斗

アメリカ ｜ アメリカ ｜　⓪ 美國

再練習一次吧

ア	ア	ア	ア	ア	ア	ア	ア
ア	ア	ア	ア	ア	ア	ア	

ア行
カ行
サ行
タ行
ナ行
ハ行
マ行
や行
ラ行
ワ行
ン

あ行
か行
さ行
た行
な行
は行
ま行
や行
ら行
わ行
ん

草莓

いちご

字源「以」以字的草書

跟老師這樣寫

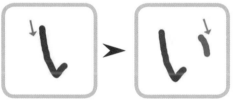

單字現學現賣

椅子 いす ⬜いす ⬜⬜ ⓪ 椅子

嫌 いや ⬜いや ⬜⬜ ② 討厭

苺 いちご ⬜いちご ⓪ 草莓

再練習一次吧

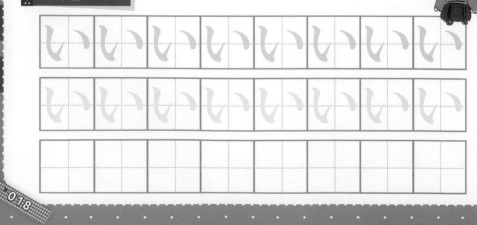

跟日本老師這樣學50音

海豚

イルカ

字源「伊」伊字的偏旁

イ
[i]

跟老師這樣寫

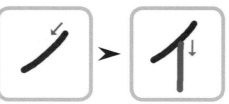

單字現學現賣

イルカ	イルカ	⓪ 海豚
イラスト	イラスト	⓪ 插圖
イヤリング	イヤリング	① 耳環

再練習一次吧

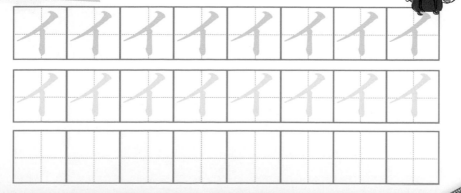

ア行
カ行
サ行
タ行
ナ行
ハ行
マ行
や行
ラ行
ワ行
ン

う
〔u〕

字源「字」宇字的草書

家
うち

跟老師這樣寫

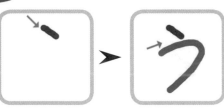

單字現學現賣

家 うち 　　 ⓪ 家

海 うみ 　　 ① 海

うさぎ 　　 ⓪ 兔子

再練習一次吧

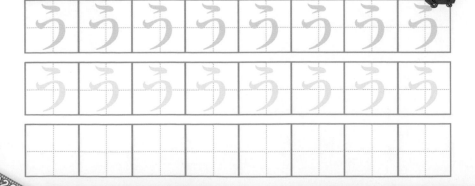

跟日本老師這樣學50音

ウ

〔u〕

奇異果

キウイ

字源「宇」字字的頂部

跟老師這樣寫

ウ

單字現學現賣

キウイ

ウエスト

ウインド

① 奇異果

⓪ 腰圍

⓪ 窗戶

再練習一次吧

ウ ウ ウ ウ ウ ウ ウ ウ

ウ ウ ウ ウ ウ ウ ウ ウ

え

【e】

電影

えいが

字源「衣」衣字的草書

跟老師這樣寫

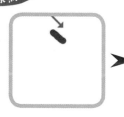

單字現學現賣

 駅　えき

え き　① 車站

映画 えいが　え い が　① 電影

鉛筆 えんぴつ　え ん ぴ つ　⓪ 鉛筆

再練習一次吧

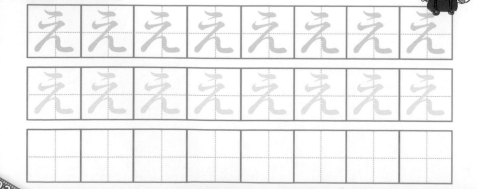

え え え え え え え え

え え え え え え え え

エ

〔e〕

冷氣

エアコン

字源「江」江字的偏旁

跟老師這樣寫

一 ＞ 丁 ＞ エ

單字現學現賣

エアコン　　0 冷氣

エース　　1 王牌

エステ　　1 全身美容

再練習一次吧

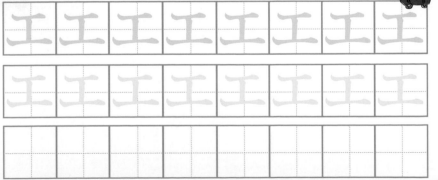

跟日本老師這樣學50音

あ行
か行
さ行
た行
な行
は行
ま行
や行
ら行
わ行
ん

男人

おとこ

字源「於」於字的草書

跟老師這樣寫

一 → お → お

單字現學現賣

鬼　おに　　② 鬼怪

男　おとこ　　③ 男人

音楽　おんがく　　① 音樂

再練習一次吧

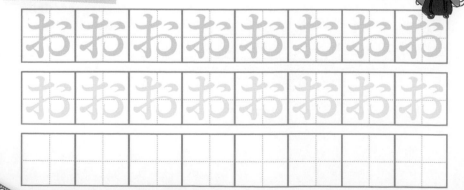

跟日本老師這樣學50音

オ
〔o〕

烤箱

オーブン

字源「於」於字的偏旁

跟老師這樣寫

一 ▸ 十 ▸ 才

單字現學現賣

オイル ｜オイル｜ ① 油

オーブン ｜オーブン｜ ① 烤箱

オーエル ｜オーエル｜ ⓪③ OL

再練習一次吧

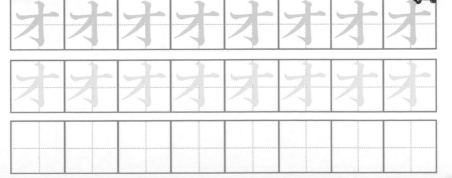

ア行
カ行
サ行
タ行
ナ行
ハ行
マ行
や行
ラ行
ワ行
ン

跟日本老師這樣學50音

か 〔ka〕

風

かぜ

字源「加」加字的草書

跟老師這樣寫

つ ➤ カ ➤ が

單字現學現賣

亀	かめ	か め			1 烏龜
風	かぜ	か ぜ			0 風
風邪	かぜ	か ぜ			0 感冒

再練習一次吧

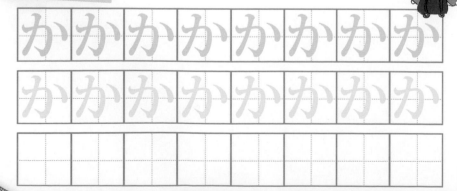

カ
〔ka〕

相機

カメラ

字源「加」加字的左半部

跟老師這樣寫

ア行

カ行

サ行

タ行

ナ行

ハ行

マ行

ヤ行

ラ行

ワ行

ン

單字現學現賣

カメラ 　カメラ 　① 相機

カード 　カード 　① 卡片

カクテル 　カクテル 　① 雞尾酒

再練習一次吧

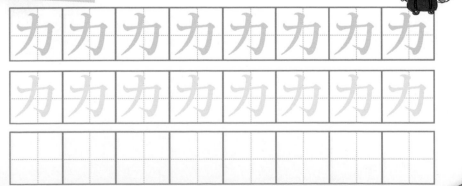

跟日本老師這樣學50音

あ行
か行
さ行
た行
な行
は行
ま行
や行
ら行
わ行
ん

〔ki〕

狐狸

きつね

字源「幾」幾字的草書

跟老師這樣寫

一 ＞ 二 ＞ キ ＞ き

單字現學現賣

綺麗	きれい		① 漂亮；清潔
気持ち	きもち		⓪ 心情
狐	きつね		⓪ 狐狸

再練習一次吧

き	き	き	き	き	き	き	き
き	き	き	き	き	き	き	き

跟日本老師這樣學50音

接吻

キス

キ

〔ki〕

字源「幾」幾字的部分

跟老師這樣寫

 > 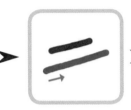 >

單字現學現賣

キス ① 接吻

キー ① 鑰匙

キッチン ① 廚房

再練習一次吧

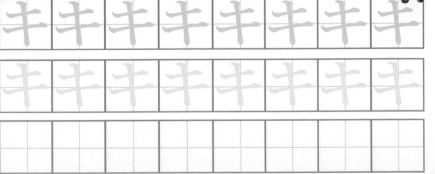

跟日本老師這樣學50音

[ku]

嘴巴

くち

字源「久」久字的草書

 跟老師這樣寫

 單字現學現賣

口 くち 　　　⓪ 嘴巴

靴 くつ 　　　② 鞋子

車 くるま　　　⓪ 車子

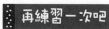 再練習一次吧

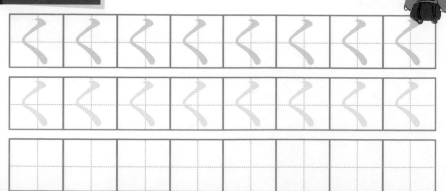

跟日本老師這樣學50音

ク
〔ku〕

餅乾

クッキー

字源「久」久字的部分

ア行
カ行
サ行
タ行
ナ行
ハ行
マ行
や行
ラ行
ワ行
ン

 跟老師這樣寫

ク ▸ グ

單字現學現賣

クラス ｜ ク ラ ス ｜ ① 班級

クッキー ｜ ク ッ キ ー ｜ ① 餅乾

クレヨン ｜ ク レ ヨ ン ｜ ② 蠟筆

再練習一次吧

ク	ク	ク	ク	ク	ク	ク	ク
ク	ク	ク	ク	ク	ク	ク	ク

跟日本老師這樣學50音

け

〔ke〕

結婚

けっこん

字源「計」計字的草書

跟老師這樣寫

↓し ▶ ├─ ▶ け↓

單字現學現賣

煙り けむり 　けむり　 ⓪ 煙

健康 けんこう 　けんこう　 ⓪ 健康

結婚 けっこん 　けっこん　 ⓪ 結婚

再練習一次吧

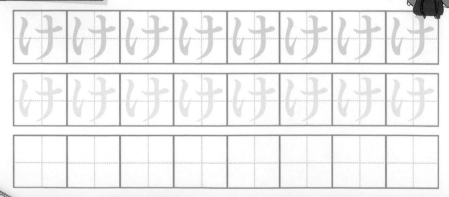

跟日本老師這樣學50音

ケ

〔ke〕

蛋糕

ケーキ

字源「介」介字的部分

跟老師這樣寫

單字現學現賣

ケチャップ ⎿ケチャップ⏌ ② 番茄醬

ケーキ ⎿ケーキ⏌ ① 蛋糕

ケース ⎿ケース⏌ ① 盒子

再練習一次吧

ケ ケ ケ ケ ケ ケ ケ ケ

ケ ケ ケ ケ ケ ケ ケ ケ

跟日本老師這樣學50音

こ
〔ko〕

小孩

こども

字源「己」己字的草書

跟老師這樣寫

一 ▶ こ

單字現學現賣

心	こころ	こ	こ	ろ		② ③ 心
米	こめ	こ	め			② 米
子供	こども	こ	ど	も		⓪ 小孩

再練習一次吧

こ	こ	こ	こ	こ	こ	こ	こ
こ	こ	こ	こ	こ	こ	こ	こ

あ行 か行 さ行 た行 な行 は行 ま行 や行 ら行 わ行 ん

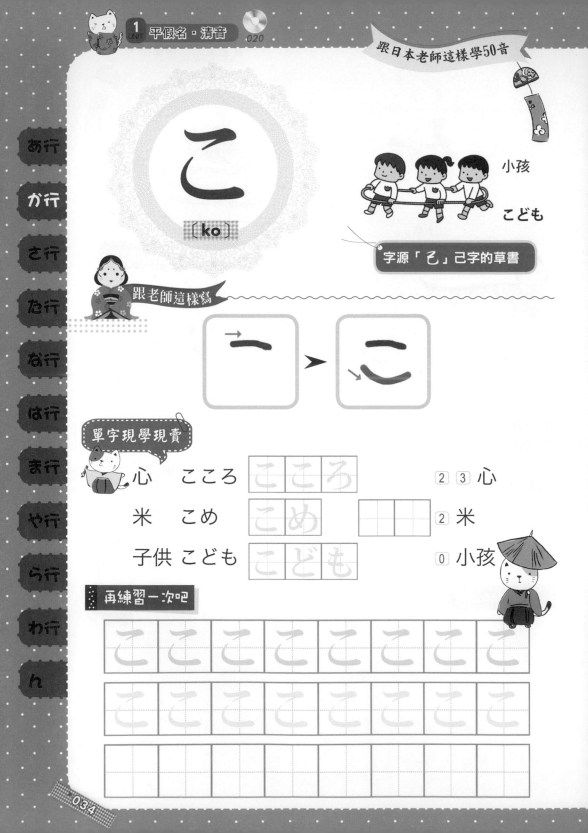

跟日本老師這樣學50音

コ 〔ko〕

咖啡

コーヒー

字源「己」己字的部分

跟老師這樣寫

單字現學現賣

コーヒー	コ ー ヒ ー	③ 咖啡
コンビニ	コ ン ビ ニ	⓪ 便利商店
コンタクト	コ ン タ ク ト	① 隱形眼鏡

再練習一次吧

コ コ コ コ コ コ コ コ

コ コ コ コ コ コ コ

跟日本老師這樣學50音

さ
〔sa〕

猴子

さる

字源「左」左字的草書

跟老師這樣寫

一 → キ → さ

單字現學現賣

猿 さる　さる　　　　①猴子

酒 さけ　さけ　　　　⓪酒

魚 さかな　さかな　　⓪魚

再練習一次吧

さ さ さ さ さ さ さ

さ さ さ さ さ さ さ

跟日本老師這樣學50音

サ
〔sa〕

簽名

サイン

字源「散」散字的左上部分

ア行
カ行
サ行
タ行
ナ行
ハ行
マ行
や行
ラ行
ワ行
ン

跟老師這樣寫

$$→ 一 \quad > \quad ↓\,十 \quad > \quad ↓\,サ$$

單字現學現賣

サラダ	サラダ		① 沙拉
サイン	サイン		① 簽名
サイズ	サイズ		① 尺寸

再練習一次吧

サ サ サ サ サ サ サ サ

サ サ サ サ サ サ サ サ

跟日本老師這樣學50音

し

〔shi〕

香菇

しいたけ

字源「之」之字的草書

跟老師這樣寫

↓し

單字現學現賣

椎茸	しいたけ	しいたけ		1 香菇
下	した	した		0 下方
鹿	しか	しか		0 鹿

再練習一次吧

あ行
か行
さ行
た行
な行
は行
ま行
や行
ら行
わ行
ん

跟日本老師這樣學50音

季節

シーズン

字源「之」之字的草書

シ〔shi〕

ア行
カ行
サ行
タ行
ナ行
ハ行
マ行
や行
ラ行
ワ行
ン

 跟老師這樣寫

 ▶  ▶

 單字現學現賣

システム ｜シ｜ス｜テ｜ム｜ ① 系統

シール ｜シ｜ー｜ル｜ ① 封緘；貼紙

シーズン ｜シ｜ー｜ズ｜ン｜ ① 季節

 再練習一次吧

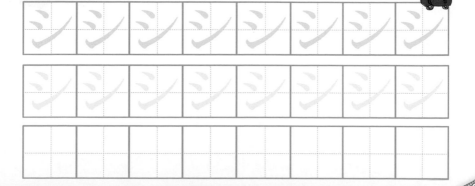

跟日本老師這樣學50音

す
〔su〕

壽司
すし

字源「寸」寸字的草書

跟老師這樣寫

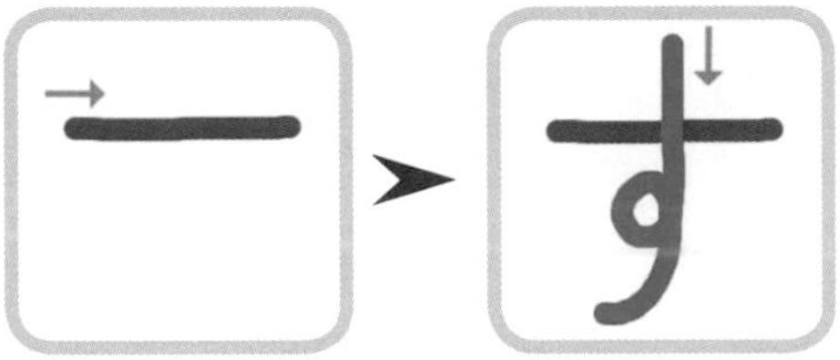

一 ▸ す

單字現學現賣

寿司 すし | すし | | ② 壽司

少し すこし | すこし | ② 少的

西瓜 すいか | すいか | ⓪ 西瓜

再練習一次吧

す す す す す す す す

す す す す す す す

あ行
か行
さ行
た行
な行
は行
ま行
や行
ら行
わ行
ん

跟日本老師這樣學50音

ア行
カ行
サ行
タ行
ナ行
ハ行
マ行
や行
ラ行
ワ行
ン

ス

〔su〕

湯

スープ

字源「須」須字的右下部分

 跟老師這樣寫

ヌ ▶ ス

單字現學現賣

スープ

スキー

スカート

1 湯

2 划雪

2 裙子

再練習一次吧

ス ス ス ス ス ス ス ス

ス ス ス ス ス ス ス ス

せ

〔se〕

肥皂

せっけん

字源「世」世字的草書

跟老師這樣寫

 →  →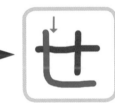

單字現學現賣

席　せき　｜せき｜　① 座位

先生 せんせい　｜せんせい｜　③ 老師

石鹼 せっけん　｜せっけん｜　⓪ 肥皂

再練習一次吧

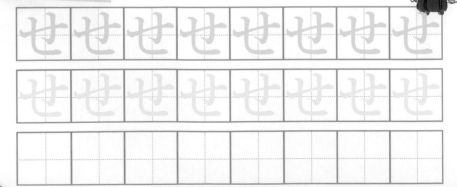

せ せ せ せ せ せ せ せ

せ せ せ せ せ せ せ せ

跟日本老師這樣學50音

セ

[se]

設定

セット

字源「世」世字的部分

跟老師這樣寫

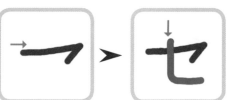

單字現學現賣

セロリ 　セロリ　 ① 芹菜

セット 　セット　 ① 設定

セーター 　セーター　 ① 毛衣

再練習一次吧

跟日本老師這樣學50音

そ

〔so〕

打掃

そうじ

字源「曾」曾字的草書

跟老師這樣寫

丶 ➤ そ

單字現學現賣

蕎麦 そば	そば			1 蕎麥麵
祖父 そふ	そふ			1 祖父；爺爺
掃除 そうじ	そうじ			0 打掃

再練習一次吧

そ	そ	そ	そ	そ	そ	そ
そ	そ	そ	そ	そ	そ	そ

あ行
か行
さ行
た行
な行
は行
ま行
や行
ら行
わ行
ん

ソ

［ SO ］

汽水

ソーダ

字源「曾」曾字的最上端部分

跟老師這樣寫

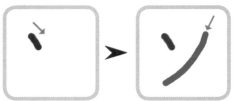

單字現學現賣

ソーダ	ソーダ		① 汽水
ソース	ソース		① 醬汁
ソング	ソング		③ 歌曲

再練習一次吧

ア行
カ行
サ行
タ行
ナ行
ハ行
マ行
や行
ラ行
ワ行
ン

045

跟日本老師這樣學50音

〔ta〕

太陽

たいよう

字源「太」太字的草書

 跟老師這樣寫

一 ➤ ナ ➤ た ➤ た

 單字現學現賣

卵　たまご　　たまご　　② 蛋

高い　たかい　　たかい　　② 高的；貴的

太陽　たいよう　　たいよう　　① 太陽

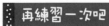 再練習一次吧

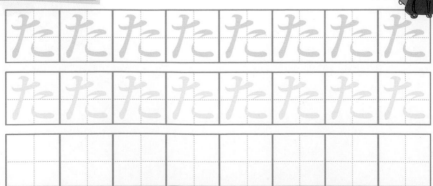
たたたたたたた
たたたたたた

左側欄：
あ行
か行
さ行
た行
な行
は行
ま行
や行
ら行
わ行
ん

跟日本老師這樣學50音

タ

〔ta〕

計程車

タクシー

字源「多」多字的部分

跟老師這樣寫

 ➤ ➤

單字現學現賣

タイム	タイム	① 時間
タクシー	タクシー	① 計程車
カタログ	カタログ	⓪ 型錄

再練習一次吧

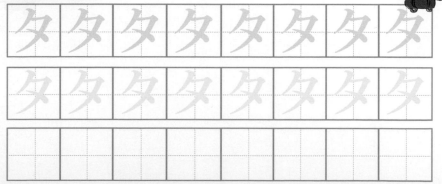

跟日本老師這樣學50音

ち

〔chi〕

字源「知」知字的草書

遲到

ちこく

跟老師這樣寫

→一 ▶ ↓ち

單字現學現賣

父	ちち	ちち		① 父親
地図	ちず	ちず		① 地圖
遅刻	ちこく	ちこく		⓪ 遲到

再練習一次吧

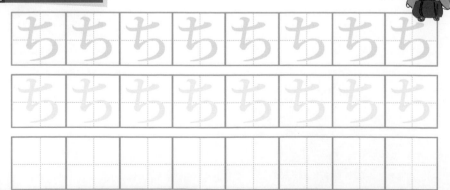

ち ち ち ち ち ち ち ち

ち ち ち ち ち ち ち ち

跟日本老師這樣學50音

チ

〔chi〕

 チーズ

起士

チーズ

字源「千」千字的變形

跟老師這樣寫

ノ ➤ 二 ➤ チ

單字現學現賣

チーズ チーズ ① 起士

チケット チケット ② 票

スイッチ スイッチ ② 開關

再練習一次吧

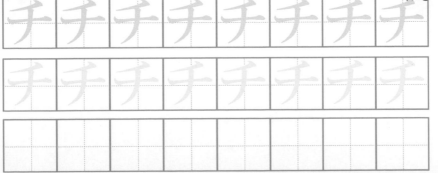

跟日本老師這樣學50音

つ

〔tsu〕

月亮

つき

字源「川」川字的變形

跟老師這樣寫

つ

單字現學現賣

月	つき	つき		2 月亮
爪	つめ	つめ		0 指甲
續く	つづく	つづく		0 待續

再練習一次吧

つ	つ	つ	つ	つ	つ	つ	つ
つ	つ	つ	つ	つ	つ	つ	

跟日本老師這樣學50音

（tsu）

字源「川」川字的變形

高麗菜

キャベツ

跟老師這樣寫

 ▶  ▶

單字現學現賣

ツアー 　ツアー　　① 旅行

スポーツ 　スポーツ　② 運動

ツール 　ツール　　⓪ ① 工具

再練習一次吧

ツ	ツ	ツ	ツ	ツ	ツ	ツ
ツ	ツ	ツ	ツ	ツ	ツ	ツ

ア行
カ行
サ行
タ行
ナ行
ハ行
マ行
や行
ラ行
ワ行
ン

跟日本老師這樣學50音

て

〔te〕

手
て

字源「天」天字的草書

跟老師這樣寫

て

單字現學現賣

手　て｜て｜｜｜　① 手

天気 てんき｜てんき｜① 天氣

寺　てら｜てら｜｜② 寺廟

再練習一次吧

て	て	て	て	て	て	て	て
て	て	て	て	て	て	て	て

跟日本老師這樣學50音

テ

[te]

電視

テレビ

字源「天」天字的部分

跟老師這樣寫

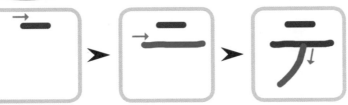

單字現學現賣

テレビ | テレビ | ① 電視

ステーキ | ステーキ | ② 牛排

テーブル | テーブル | ⓪ 桌子

再練習一次吧

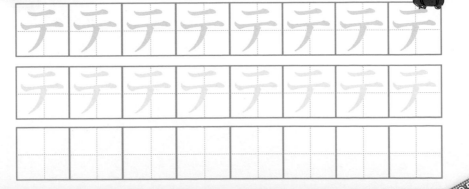

ア行
カ行
サ行
タ行
ナ行
ハ行
マ行
や行
ラ行
ワ行
ン

跟日本老師這樣學50音

と
〔to〕

老虎
とら

字源「止」止字的草書

跟老師這樣寫

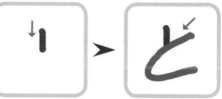

單字現學現賣

鳥	とり				⓪ 鳥
虎	とら				⓪ 老虎
時計	とけい			⓪ 鐘錶

再練習一次吧

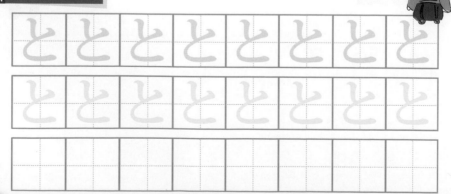

跟日本老師這樣學50音

ト
〔to〕

廁所

トイレ

字源「止」止字的首兩劃

跟老師這樣寫

單字現學現賣

トマト　　　┌─┬─┬─┐トマト　　① 蕃茄

トイレ　　　┌─┬─┬─┐トイレ　　① 廁所

コンサート　コンサート　① 演唱會

再練習一次吧

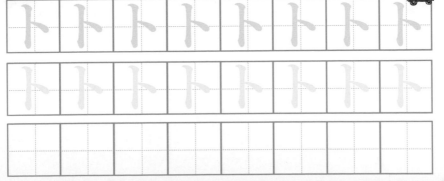

ト ト ト ト ト ト ト ト ト ト

ト ト ト ト ト ト ト ト ト

跟日本老師這樣學50音

夏天

なつ

な

〔na〕

字源「奈」奈字的草書

跟老師這樣寫

一 ﹥ ナ ﹥ ガ ﹥ な

單字現學現賣

 茄 なす

夏 なつ

梨 なし

① 茄子

② 夏天

② 梨子

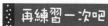 再練習一次吧

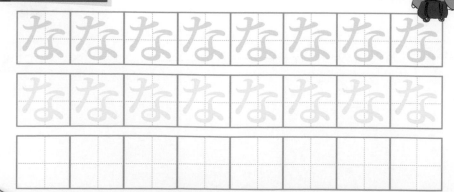

側邊標籤：あ行 か行 さ行 た行 な行 は行 ま行 や行 ら行 わ行 ん

ナ 〔na〕

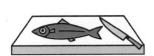

刀子

ナイフ

字源「奈」奈字的首兩劃

跟老師這樣寫

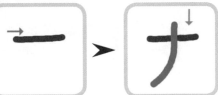
一 ▸ ナ

單字現學現賣

ナイフ	ナイフ	① 刀子
ナプキン	ナプキン	① 餐巾
ボーナス	ボーナス	① 津貼獎金

再練習一次吧

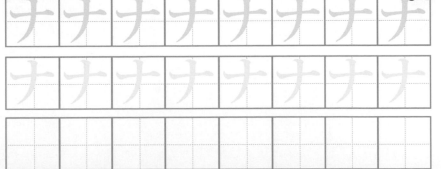

ア行
カ行
サ行
タ行
ナ行
ハ行
マ行
や行
ラ行
ワ行
ン

跟日本老師這樣學50音

に

〔ni〕

肉

にく

字源「仁」仁字的草書

 跟老師這樣寫

し > に > に

單字現學現賣

肉　にく　　　にく　　　② 肉

荷物 にもつ　　にもつ　　① 行李

匂い におい　　におい　　② 味道

再練習一次吧

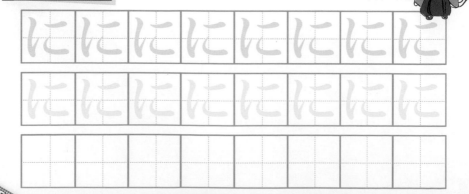

跟日本老師這樣學50音

二
〔ni〕

網球

テニス

字源「二」二字的變形

跟老師這樣寫

→ 一 ＞ → 二

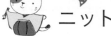
單字現學現賣

ニット 　ニット 　① 針織的衣服

テニス 　テニス 　① 網球

オニオン 　オニオン 　① 洋蔥

再練習一次吧

二	二	二	二	二	二	二	二
二	二	二	二	二	二	二	二

ア行
カ行
サ行
タ行
ナ行
ハ行
マ行
や行
ら行
ワ行
ン

跟日本老師這樣學50音

〔nu〕

狗

いぬ

字源「奴」奴字的草書

跟老師這樣寫

い ▶ ぬ

單字現學現賣

犬	いぬ	いぬ		② 狗
布	ぬの	ぬの		⓪ 布
抜き	ぬき	ぬき		① 去掉

再練習一次吧

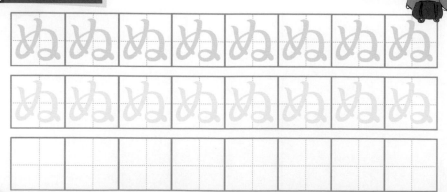

跟日本老師這樣學50音

ヌ
〔nu〕

麵條

ヌードル

字源「奴」奴字的右半部

跟老師這樣寫

フ ﹀ ヌ

單字現學現賣

ヌードル	ヌードル	① 麵條
ヌーボー	ヌーボー	① 當年產的紅酒
ヌード	ヌード	① 裸體

再練習一次吧

ヌ	ヌ	ヌ	ヌ	ヌ	ヌ	ヌ	ヌ
ヌ	ヌ	ヌ	ヌ	ヌ	ヌ	ヌ	ヌ

ア行
カ行
サ行
タ行
ナ行
ハ行
マ行
や行
ラ行
ワ行
ン

跟日本老師這樣學50音

ね
〔ne〕

貓

ねこ

字源「祢」祢字的草書

跟老師這樣寫 〜〜〜〜〜〜〜

單字現學現賣

猫 ねこ	ねこ		⓪ 貓
葱 ねぎ	ねぎ		① 葱
値段 ねだん	ねだん		⓪ 價錢

再練習一次吧

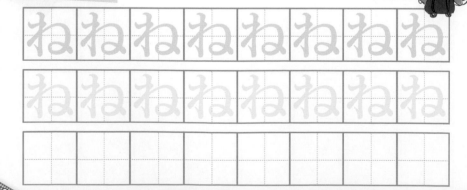

左側索引：あ行　か行　さ行　た行　な行　は行　ま行　や行　ら行　わ行　ん

跟日本老師這樣學50音

ネ
〔ne〕

領帶

ネクタイ

字源「祢」祢字的偏旁

跟老師這樣寫

`丶` ＞ `ラ` ＞ `ネ` ＞ `ネ`

單字現學現賣

ネーム	ネーム	① 名字
ネクタイ	ネクタイ	① 領帶
ネックレス	ネックレス	① 項鍊

再練習一次吧

ネ	ネ	ネ	ネ	ネ	ネ	ネ	ネ
ネ	ネ	ネ	ネ	ネ	ネ	ネ	ネ

ア行
カ行
サ行
タ行
ナ行
ハ行
マ行
や行
ラ行
ワ行
ン

跟日本老師這樣學50音

の
〔no〕

海苔
のり

字源「乃」乃字的草書

跟老師這樣寫

の

單字現學現賣

海苔 のり　　のり｜　　②海苔

喉　のど　　のど｜　　①喉嚨

農夫 のうふ　　のうふ｜　①農夫

再練習一次吧

の の の の の の の の

の の の の の の の の

あ行 か行 さ行 た行 な行 は行 ま行 や行 ら行 わ行 ん

跟日本老師這樣學50音

ノ

〔**no**〕

筆記

ノート

字源「乃」乃字的左半部

ア行
カ行
サ行
タ行
ナ行
ハ行
マ行
や行
ラ行
ワ行
ン

跟老師這樣寫

單字現學現賣

ノート　　［ノート］　　1 筆記

ノック　　［ノック］　　1 敲門

ノーベル　［ノーベル］　0 諾貝爾

再練習一次吧

跟日本老師這樣學50音

あ行
か行
さ行
た行
な行
は行
ま行
や行
ら行
わ行
ん

は

〔ha〕

春天

はる

字源「波」波字的草書

跟老師這樣寫

| ↓し | → ⌐ | ↓は |

單字現學現賣

花 はな ｜ はな ｜ ｜ ｜ ② 花

春 はる ｜ はる ｜ ｜ ｜ ① 春天

橋 はし ｜ はし ｜ ｜ ｜ ① 橋

再練習一次吧

はは ははは ははは はは

ははは ははは はは

跟日本老師這樣學50音

漢堡

ハンバーガー

字源「八」八字的變形

ハ

〔ha〕

跟老師這樣寫

 >

單字現學現賣

ハム　　　　　① 火腿

ハンカチ　　　③ 手帕

ハンサム　　　① 帥氣的

再練習一次吧

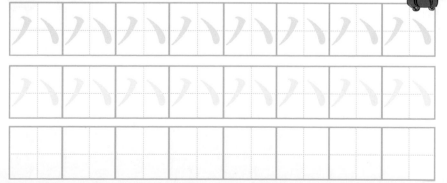

ア行
カ行
サ行
タ行
ナ行
ハ行
マ行
や行
ラ行
ワ行
ン

ひ

〔hi〕

公主

ひめ

字源「比」比字的草書

跟老師這樣寫

ひ

單字現學現賣

姫 ひめ　　ひめ　　　　　　① 公主

　ひげ　　ひげ　　　　　　⓪ 鬍子

羊 ひつじ　ひつじ　　　　　⓪ 羊

再練習一次吧

ひ ひ ひ ひ ひ ひ ひ ひ

ひ ひ ひ ひ ひ ひ ひ ひ

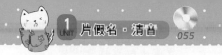
跟日本老師這樣學50音

ヒ

〔**hi**〕

英雄

ヒーロー

字源「比」比字的左半部

ア行
カ行
サ行
タ行
ナ行
ハ行
マ行
や行
ラ行
ワ行
ン

跟老師這樣寫

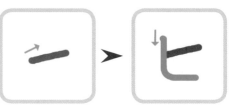

單字現學現賣

ヒール | ヒール | ① 鞋跟
ヒーロー | ヒーロー | ① 英雄
ヒット | ヒット | ① 大成功

再練習一次吧

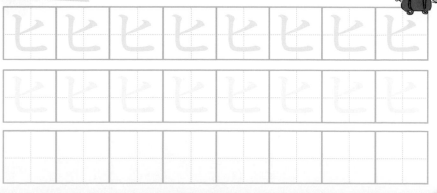

ヒ ヒ ヒ ヒ ヒ ヒ ヒ ヒ

ヒ ヒ ヒ ヒ ヒ ヒ ヒ ヒ

跟日本老師這樣學50音

ふ

〔fu〕

冬天

ふゆ

字源「不」不字的草書

跟老師這樣寫

單字現學現賣

服 ふく ｜ ② 衣服

冬 ふゆ ｜ ② 冬天

船 ふね ｜ ① 船

再練習一次吧

跟日本老師這樣學50音

フ
〔fu〕

水果

フルーツ

字源「不」不字首兩劃的變形

跟老師這樣寫

單字現學現賣

フルーツ	フルーツ	② 水果
フランス	フランス	⓪ 法國
フリー	フリー	② 自由

再練習一次吧

フ	フ	フ	フ	フ	フ	フ	フ	フ
フ	フ	フ	フ	フ	フ	フ	フ	フ

跟日本老師這樣學50音

へ

〔he〕

蛇
へび

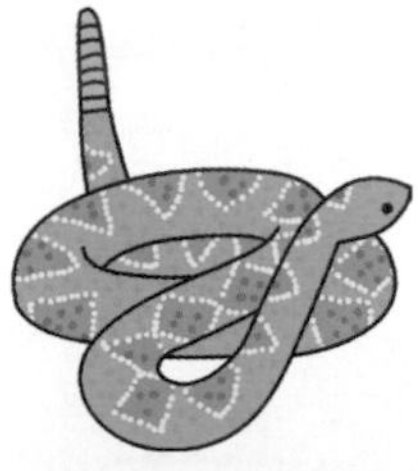

字源「部」部字的偏旁

跟老師這樣寫

→へ

單字現學現賣

下手　へた ┃へた┃　┃　┃ ② 不擅長

臍　へそ ┃へそ┃　┃　┃ ⓪ 肚臍

蛇　へび ┃へび┃　┃　┃ ① 蛇

再練習一次吧

跟日本老師這樣學50音

へ

〔he〕

頭髮

ヘア

字源「部」部字的偏旁

跟老師這樣寫

單字現學現賣

ヘア	ヘア		① 頭髮
ヘルメット	ヘルメット	① 安全帽
ヘアピン	ヘアピン	⓪ 髮夾

再練習一次吧

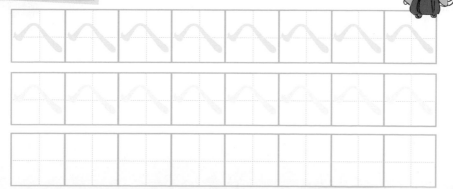

ア行
カ行
サ行
タ行
ナ行
ハ行
マ行
や行
ラ行
ワ行
ン

跟日本老師這樣學50音

あ行
か行
さ行
た行
な行
は行
ま行
や行
ら行
わ行
ん

ほ
〔ho〕

星星

ほし

字源「保」保字的草書

跟老師這樣寫

し ▶ し⁻ ▶ し⁼ ▶ ほ

單字現學現賣

星	ほし	ほし			⓪ 星星
骨	ほね	ほね			② 骨頭
本屋	ほんや	ほんや			① 書店

再練習一次吧

ほ ほ ほ ほ ほ ほ ほ ほ
ほ ほ ほ ほ ほ ほ ほ ほ

跟日本老師這樣學50音

ホ
〔ho〕

熱的

ホット

字源「保」保字的右下部分

ア行
カ行
サ行
タ行
ナ行
ハ行
マ行
や行
ラ行
ワ行
ン

跟老師這樣寫

一 ➤ 十 ➤ 才 ➤ ホ

單字現學現賣

ホテル	ホテル		① 飯店
ホール	ホール		① 會場
ホット	ホット		① 熱的

再練習一次吧

ホ	ホ	ホ	ホ	ホ	ホ	ホ	ホ
ホ	ホ	ホ	ホ	ホ	ホ	ホ	ホ

跟日本老師這樣學50音

ま
〔ma〕

抹茶

まっちゃ

字源「末」末字的草書

跟老師這樣寫

一 ▶ 二 ▶ ま

單字現學現賣

窗	まど	まど	1 窗戶
丸い	まるい	まるい	0 圓的
迷子	まいご	まいご	1 迷路

再練習一次吧

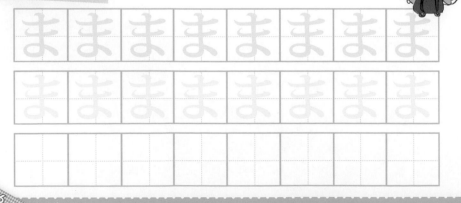

跟日本老師這樣學50音

マ

〔ma〕

馬拉松

マラソン

「万」萬字的略體

跟老師這樣寫

→ フ ▸ マ

單字現學現賣

マラソン | マ ラ ソ ン | ⓪ 馬拉松

マスカラ | マ ス カ ラ | ⓪ 睫毛膏

マンゴー | マ ン ゴ ー | ① 芒果

再練習一次吧

跟日本老師這樣學50音

み

〔mi〕

橘子

みかん

字源「美」美字草書的下半部

跟老師這樣寫

み ▸ み

單字現學現賣

店	みせ	みせ			② 商店
道	みち	みち			⓪ 道路
蜜柑	みかん	みかん			① 橘子

再練習一次吧

み み み み み み み み

み み み み み み み み

跟日本老師這樣學50音

〔mi〕

牛奶

ミルク

字源「三」三字的變形

跟老師這樣寫

 ▶  ▶

單字現學現賣

ミルク 　　1 牛奶

ゴミ 　　2 垃圾

ミシン 　　1 機器

再練習一次吧

ア行
カ行
サ行
タ行
ナ行
ハ行
マ行
や行
ラ行
ワ行
ン

跟日本老師這樣學50音

む

〔mu〕

女兒

むすめ

字源「武」武字的草書

跟老師這樣寫

$$一 \rightarrow む \rightarrow む$$

單字現學現賣

娘	むすめ	むすめ		③ 女兒
虫歯	むしば	むしば		⓪ 蛀牙
虫	むし	むし		⓪ 蟲

再練習一次吧

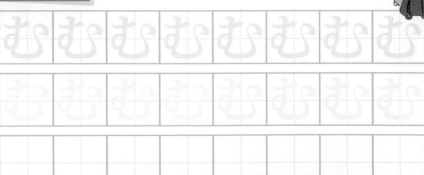

跟日本老師這樣學50音

蛋包飯

オムライス

字源「牟」牟字的上半部

跟老師這樣寫

ム > ム

單字現學現賣

オムライス　オムライス　③ 蛋包飯

ムービー　　ムービー　　① 電影

チーム　　　チーム　　　① 隊伍

再練習一次吧

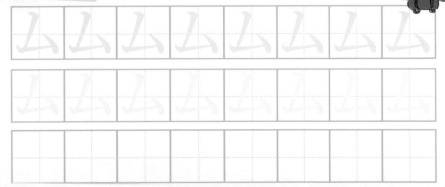

ア行
カ行
サ行
タ行
ナ行
ハ行
マ行
や行
ラ行
ワ行
ン

跟日本老師這樣學50音

あ行
か行
さ行
た行
な行
は行
ま行
や行
ら行
わ行
ん

〔 me 〕

眼睛

め

字源「女」女字的草書

跟老師這樣寫

單字現學現賣

目　　め　　　　　　⓪ 眼睛

雨　　あめ　　　　　① 雨

名刺　めいし　　　⓪ 名片

再練習一次吧

跟日本老師這樣學50音

メ

〔me〕

菜單

メニュー

字源「女」女字的下半部

ア行
カ行
サ行
タ行
ナ行
ハ行
マ行
や行
ラ行
ワ行
ン

跟老師這樣寫 ～～～～～～～～～～

ノ ▶ メ

單字現學現賣

メール	メール		① 郵件
メロン	メロン		① 香瓜
メーク	メーク		① 化妝

再練習一次吧

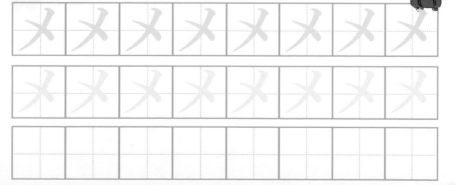

跟日本老師這樣學50音

あ行
か行
さ行
た行
な行
は行
ま行
や行
ら行
わ行
ん

も

〔mo〕

桃子

もも

字源「**毛**」毛字的草書

 跟老師這樣寫

し ▸ も ▸ も

單字現學現賣

桃	もも	も	も		⓪ 桃子
紅葉	もみじ	も	み	じ	① 楓葉
問題	もんだい	も	ん	だ	い	⓪ 問題

再練習一次吧

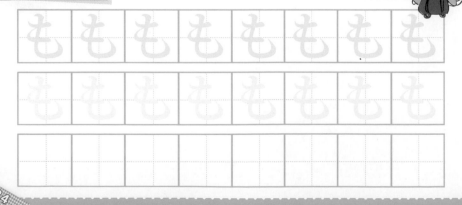

跟日本老師這樣學50音

モ

〔mo〕

模特兒

モデル

字源「毛」毛字的下半部

跟老師這樣寫

→ー → ⇒二 → モ

單字現學現賣

メモ　　　　メモ　　　　　　　　① 便條紙

モデル　　モデル　　　　　　① 模特兒

モーター　モーター　　　　① 馬達

再練習一次吧

モ モ モ モ モ モ モ モ

モ モ モ モ モ モ

跟日本老師這樣學50音

蔬菜

やさい

や

〔ya〕

字源「也」也字的草書

跟老師這樣寫

つ > ぢ > や

 單字現學現賣

山　やま 　　　　2 山

家賃 やちん 　　1 房租

野菜 やさい 　　0 蔬菜

 再練習一次吧

跟日本老師這樣學50音

輪胎

タイヤ

字源「也」也字的部分變形

ヤ

〔ya〕

跟老師這樣寫

單字現學現賣

ヤシ   ヤシ   ① 椰子

ヤード   ヤード   ① 碼

タイヤ   タイヤ   ⓪ 輪胎

再練習一次吧

ア行
カ行
サ行
タ行
ナ行
ハ行
マ行
や行
ラ行
ワ行
ン

跟日本老師這樣學50音

雪

ゆき

ゆ
〔yu〕

字源「由」由字的草書

跟老師這樣寫

↓ロ ＞ ゆ↓

單字現學現賣

雪	ゆき	ゆき		② 雪
夢	ゆめ	ゆめ		② 夢
昨夜	ゆうべ	ゆうべ		③ 昨晚

再練習一次吧

跟日本老師這樣學50音

ユ

〔yu〕

幽默

ユーモア

字源「由」由字的下半部變形

ア行
カ行
サ行
タ行
ナ行
ハ行
マ行
や行
ラ行
ワ行
ン

跟老師這樣寫

ヿ > ユ

單字現學現賣

ユズ	ユズ	① 柚子
ユーモア	ユーモア	① 幽默
ユーターン	ユーターン	③ 回轉

再練習一次吧

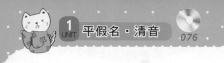
跟日本老師這樣學50音

〔**yo**〕

あ行
か行
さ行
た行
な行
は行
ま行
や行
ら行
わ行
ん

晚上

よる

字源「与」与字的草書

 跟老師這樣寫

→ → ↓ よ

 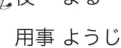 單字現學現賣

夜　よる　　よる　　　　① 晚上

用事 ようじ　　ようじ　　　⓪ 事情

余計 よけい　　よけい　　　⓪ 多餘

 再練習一次吧

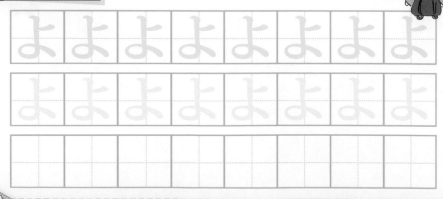

よ よ よ よ よ よ よ よ

よ よ よ よ よ よ よ よ

跟日本老師這樣學50音

瑜珈

ヨガ

字源「ㄅ」与字的下半部

ヨ
〔yo〕

跟老師這樣寫

ㄱ ＞ ㄱ ＞ ヨ

單字現學現賣

ヨガ 　ヨガ 　① 瑜珈

ヨーグルト 　ヨーグルト 　③ 優格

ヨーロッパ 　ヨーロッパ 　⓪ 歐洲

再練習一次吧

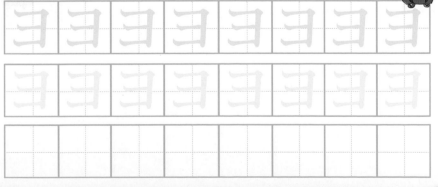

跟日本老師這樣學50音

ら

〔ra〕

明年

らいねん

字源「良」良字的草書

 跟老師這樣寫

丶 ▶ ら

 單字現學現賣

来年 らいねん　| らいねん | 　0 明年

駱駝 らくだ　| らくだ | 　0 駱駝

楽　らく　| らく | 　2 舒服

再練習一次吧

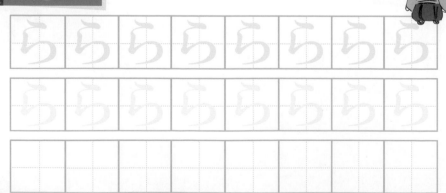

跟日本老師這樣學50音

ガオー★

獅子

ライオン

らいおん

字源「良」良字的首兩劃變成

ラ

〔ra〕

ア行
カ行
サ行
タ行
ナ行
ハ行
マ行
や行
ラ行
ワ行
ン

跟老師這樣寫 〜〜〜〜〜〜〜〜〜〜〜〜〜〜〜〜〜〜〜〜〜

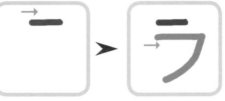

單字現學現賣

ラジオ　　　ラジオ　　　1 收音機

ラーメン　　ラーメン　　1 拉麵

ライオン　　ライオン　　0 獅子

再練習一次吧

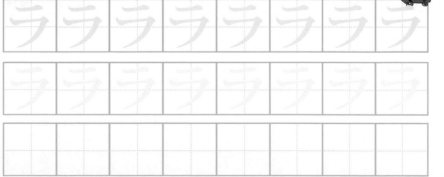

跟日本老師這樣學50音

り

〔ri〕

蘋果

りんご

字源「利」利字的草書

跟老師這樣寫

↓
し ▸ り ↓

單字現學現賣

林檎 りんご | りんご | ⓪ 蘋果
理由 りゆう | りゆう | ⓪ 理由
理想 りそう | りそう | ⓪ 理想

再練習一次吧

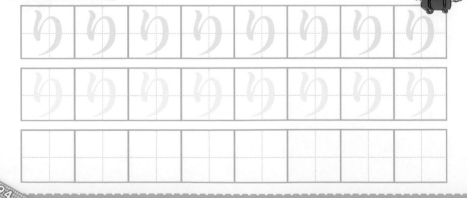

跟日本老師這樣學50音

リ

〔ri〕

耶誕節

クリスマス

字源「利」利字的偏旁

單字現學現賣

クリスマス	クリスマス	③ 耶誕節
リモコン	リモコン	⓪ 遙控器
リポート	リポート	② 報告

再練習一次吧

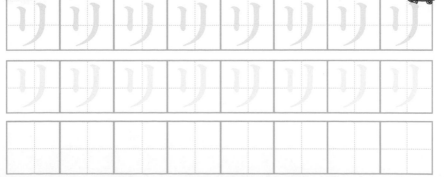

青蛙

かえる

字源「留」留字的草書

跟老師這樣寫

→ る

單字現學現賣

達磨	だるま	だるま	⓪ 不倒翁
蛙	かえる	かえる	⓪ 青蛙
留守番	るすばん	るすばん	⓪ 看家

再練習一次吧

るるるるるるるる
るるるるるる

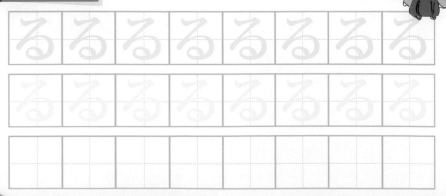

跟日本老師這樣學50音

ル
〔ru〕

情侶

カップル

字源「流」流字的右下部分

跟老師這樣寫

リ ＞ ル

單字現學現賣

ビール　ビール　１ 啤酒

ルーム　ルーム　１ 房間

カップル　カップル　２ 情侶

再練習一次吧

ルルルルルルルル

ルルルルルルル

跟日本老師這樣學50音

れ 〔re〕

冰箱

れいぞうこ

字源「礼」礼字的草書

 跟老師這樣寫

單字現學現賣

連絡 れんらく　れんらく　◎ 聯絡

例題 れいだい　れいだい　◎ 例題

零下 れいか　れいか　① 零下

再練習一次吧

跟日本老師這樣學50音

咖哩

カレー

字源「礼」礼字的右半部

〔re〕

跟老師這樣寫

↓
レ

單字現學現賣

レモン　レ モ ン　　① 檸檬

カレー　カ レ ー　　⓪ 咖哩

レストラン　レ ス ト ラ ン　① 餐廳

再練習一次吧

レ レ レ レ レ レ レ レ レ レ

レ レ レ レ レ レ レ レ レ

ア行
カ行
サ行
タ行
ナ行
ハ行
マ行
や行
ラ行
ワ行
ン

跟日本老師這樣學50音

ろ

〔ro〕

走廊

ろうか

字源「呂」呂字的草書

 跟老師這樣寫

→
ろ

 單字現學現賣

六　ろく

廊下 ろうか

蝋燭 ろうそく

② 六

⓪ 走廊

③ 蠟燭

再練習一次吧

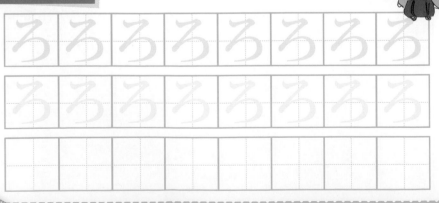

跟日本老師這樣學50音

ロ

〔ro〕

火箭
ロケット

字源「呂」呂字的部分

ア行
カ行
サ行
タ行
ナ行
ハ行
マ行
や行
ラ行
ワ行
ン

跟老師這樣寫

 ▶  ▶

單字現學現賣

ローマ   ロ ー マ   ⓪ 羅馬

ローン   ロ ー ン   ① 貸款

ロケット   ロ ケ ッ ト   ② 火箭

再練習一次吧

跟日本老師這樣學50音

わ 〔wa〕

戒指

ゆびわ

字源「和」和字的草書

跟老師這樣寫

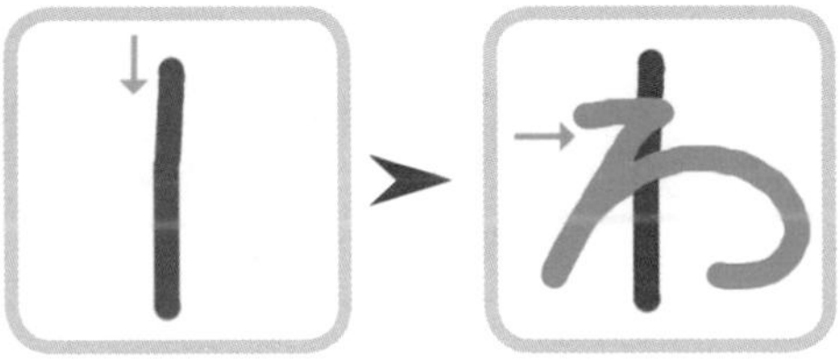

↓	→
I	**わ**

單字現學現賣

鰐	わに	わに		① 鱷魚
山葵	わさび	わさび		① 山葵；芥末
指輪	ゆびわ	ゆびわ		⓪ 戒指

再練習一次吧

わ わ わ わ わ わ わ わ

わ わ わ わ わ わ わ

あ行 か行 さ行 た行 な行 は行 ま行 や行 ら行 わ行 ん

跟日本老師這樣學50音

ワ

〔wa〕

葡萄酒

ワイン

字源「和」和字的偏旁

ア行
カ行
サ行
タ行
ナ行
ハ行
マ行
や行
ラ行
ワ行
ン

跟老師這樣寫

單字現學現賣

ワイン	ワイン	① 葡萄酒
ワイド	ワイド	① 寬的
ワンピース	ワンピース	③ 洋裝

再練習一次吧

ワ ワ ワ ワ ワ ワ ワ ワ

跟日本老師這樣學50音

を

〔WO〕

洗手

てをあらう

字源「遠」遠字的草書

跟老師這樣寫

一 ▶ ち ▶ を

單字現學現賣

手を洗う	て を あ ら う	洗手
絵を描く	え を か く	畫畫
歌を歌う	う た を う た う	唱歌

＊「を」這個字母只會當助詞用，不會單獨出現在單字中，它必須和及物動詞使用，表示動作作用的對象。

再練習一次吧

あ行
か行
さ行
た行
な行
は行
ま行
や行
ら行
わ行
ん

跟日本老師這樣學50音

ヲ

〔 **WO** 〕

看書

ほんをよむ

字源「乎」乎字的上半部變形

跟老師這樣寫

→フ ▶ →ヲ

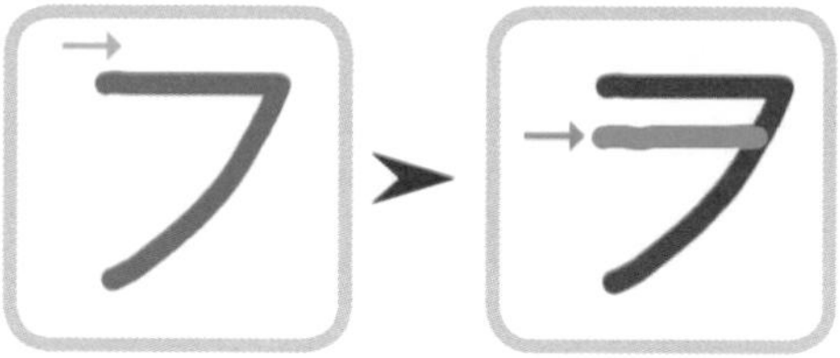

單字現學現賣

本を読む	ほ	ん	を	よ	む		看書
花を買う	は	な	を	か	う		買花
薬を飲む	く	す	り	を	の	む	吃藥

＊此字母「ヲ」因較少使用，所以此頁仍以「を」的應用作為練習。

ア行
カ行
サ行
タ行
ナ行
ハ行
マ行
や行
ラ行
ワ行
ン

再練習一次吧

| ヲ | ヲ | ヲ | ヲ | ヲ | ヲ | ヲ | ヲ |

| ヲ | ヲ | ヲ | ヲ | ヲ | ヲ | ヲ | ヲ |

跟日本老師這樣學50音

あ行
か行
さ行
た行
な行
は行
ま行
や行
ら行
わ行
ん

〔n〕

書本

ほん

字源「無」無字的草書

跟老師這樣寫

ん

單字現學現賣

本 ほん　　ほん　　　　　　　　①書本

円 えん　　えん　　　　　　　　①日圓

癌 がん　　がん　　　　　　　　①癌症

*「ん」這個字母不是清音，它是日文中唯一的鼻音，也稱為「撥音」。「ん」必須和其他假名連用，不會單獨使用。

再練習一次吧

ん ん ん ん ん ん ん ん

ん ん ん ん ん ん ん ん

跟日本老師這樣學50音

功夫

カンフー

字源「尓」尓字的變形

〔n〕

跟老師這樣寫

 ＞

單字現學現賣

インド ③ 印度

オンエア ③ 廣播中

カンフー ① 功夫

* 「ン」這個字母不是清音，它是日文中的唯一鼻音，也稱為「撥音」。「ン」必須和其他假名連用，不會單獨使用。

再練習一次吧

ン	ン	ン	ン	ン	ン	ン	ン
ン	ン	ン	ン	ン	ン	ン	ン

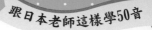

濁音・半濁音表

　　★濁音：是指在「か」、「カ」、「さ」、「サ」、「た」、「タ」、「は」、「ハ」行的清音假名的右上端加上「゛」所形成的音，發音的時候比清音重。

　　★半濁音：是指在「は」、「ハ」行的清音假名的右上端加上「゜」所形成的音，是破折音的發音。

濁音・半濁音（平假名） 094

	濁音				半濁音
	が行	ざ行	だ行	ば行	ぱ行
あ段	が ga	ざ za	だ da	ば ba	ぱ pa
い段	ぎ gi	じ ji	ぢ ji	び bi	ぴ pi
う段	ぐ gu	ず zu	づ zu	ぶ bu	ぷ pu
え段	げ ge	ぜ ze	で de	べ be	ぺ pe
お段	ご go	ぞ zo	ど do	ぼ bo	ぽ po

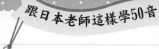
跟日本老師這樣學50音

濁音・半濁音（片假名）　*095*

	濁音				半濁音
	ガ行	ザ行	ダ行	バ行	パ行
あ段	**ga**	**za**	**da**	**ba**	**pa**
	ギ	ジ	ヂ	ビ	ピ
い段	**gi**	**ji**	**ji**	**bi**	**pi**
	グ	ズ	ヅ	ブ	プ
う段	**gu**	**zu**	**zu**	**bu**	**pu**
	ゲ	ゼ	デ	ベ	ペ
え段	**ge**	**ze**	**de**	**be**	**pe**
	ゴ	ゾ	ド	ボ	ポ
お段	**go**	**zo**	**do**	**bo**	**po**

今日は、いい天気ですね。

跟日本老師這樣學50音

〔**ga**〕

あ行
か行
さ行
た行
な行
は行
ま行
や行
ら行
わ行
ん

音樂

おんがく

單字現學現賣

癌	がん	がん			① 癌
音楽	おんがく	おんがく		① 音樂
学校	がっこう	がっこう	⓪ 學校

＊以「か」的筆順先寫好「か」，接著在右上角加上「　゛」。

再練習一次吧

跟日本老師這樣學50音

ガ
〔ga〕

糖

シュガー

ア行
カ行
サ行
タ行
ナ行
ハ行
マ行
や行
ラ行
ワ行
ン

單字現學現賣

ガス	ガス			① 瓦斯
ガソリン	ガソリン		⓪ 汽油
シュガー	シュガー		① 糖

*以「カ」的筆順先寫好「カ」，接著在右上角加上「゛」。

再練習一次吧

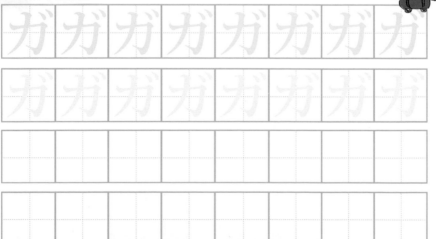

跟日本老師這樣學50音

ぎ

〔gi〕

洋蔥

たまねぎ

單字現學現賣

義理 ぎり ぎり ☐☐ ② 人情

会議 かいぎ かいぎ ① 會議

玉葱 たまねぎ たまねぎ ③ 洋蔥

＊以「き」的筆順先寫好「き」，接著在右上角加上「ﾞ」。

再練習一次吧

跟日本老師這樣學50音

ギ

〔gi〕

吉他

ギター

單字現學現賣

ギター	ギター		1 吉他
ギフト	ギフト		1 禮物
エネルギー	エネルギー		2 能量

＊以「キ」的筆順先寫好「キ」，接著在右上角加上「 ゛」。

再練習一次吧

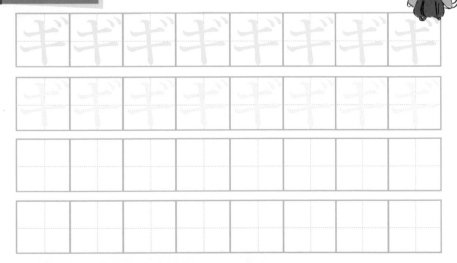

跟日本老師這樣學50音

ぐ

〔 **gu** 〕

入口 150m	入口
	いりぐち

單字現學現賣

家具　かぐ　｜か｜ぐ｜　① 家具

軍隊　ぐんたい　｜ぐ｜ん｜た｜い｜　① 軍隊

入り口 いりぐち　｜い｜り｜ぐ｜ち｜　⓪ 入口

＊以「く」的筆順先寫好「く」，接著在右上角加上「゛」。

再練習一次吧

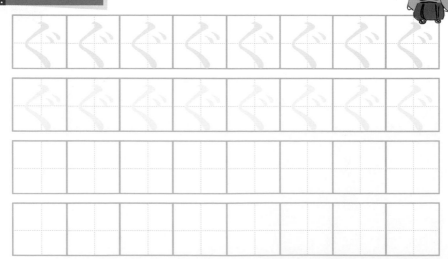

左側邊欄：
あ行 か行 さ行 た行 な行 は行 ま行 や行 ら行 わ行 ん

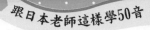
跟日本老師這樣學50音

〔**gu**〕

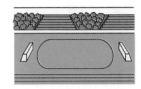
運動場
グラウンド

單字現學現賣

グラス　グラス　① 玻璃杯

グリーン　グリーン　② 綠色

グラウンド　グラウンド　⓪ 運動場

＊以「ク」的筆順先寫好「ク」，接著在右上角加上「゛」。

再練習一次吧

•115

げ

〔ge〕

拉肚子

げり

單字現學現賣

下痢 げり	げ り			0	拉肚子
劇　げき	げ き			1	戲劇
下駄 げた	げ た			0	木屐

＊以「け」的筆順先寫好「け」，接著在右上角加上「〝」。

再練習一次吧

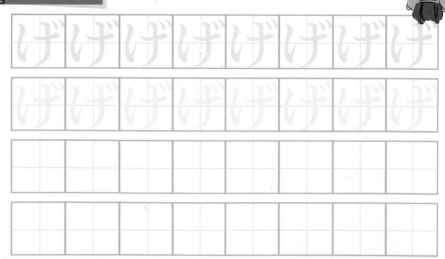

跟日本老師這樣學50音

ゲ

〔ge〕

遊戲

ゲーム

ア行
カ行
サ行
タ行
ナ行
ハ行
マ行
や行
ラ行
ワ行
ン

單字現學現賣

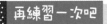

ゲーム	ゲーム	① 遊戲
ゲスト	ゲスト	⓪ 客人
ゲート	ゲート	① 門

＊「ゲ」的筆順先寫好「ケ」，接著在右上角加上「　〞」。

再練習一次吧

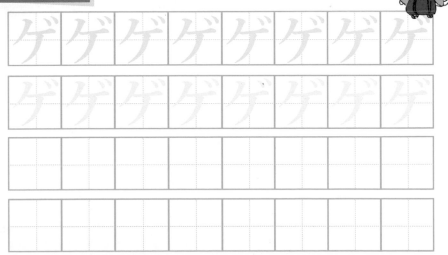

跟日本老師這樣學50音

ご

〔**go**〕

飯

ごはん

單字現學現賣

胡麻 ごま 　ごま 　　　　 ⓪ 芝麻

牛蒡 ごぼう 　ごぼう 　　　 ⓪ 牛蒡

ご飯 ごはん 　ごはん 　　　 ① 飯

＊以「こ」的筆順先寫好「こ」，接著在右上角加上「゛」。

再練習一次吧

〔go〕

高爾夫

ゴルフ

單字現學現賣

ゴルフ	ゴルフ	① 高爾夫
ゴール	ゴール	① 目標
タンゴ	タンゴ	① 探戈

＊以「コ」的筆順先寫好「コ」，接著在右上角加上「 ゛」。

再練習一次吧

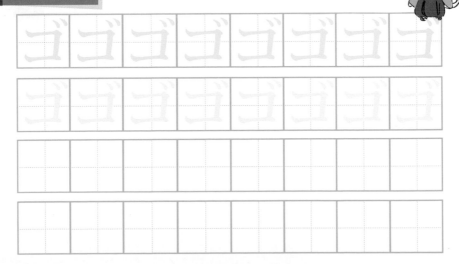

跟日本老師這樣學50音

〔 **za** 〕

雜誌

ざっし

單字現學現賣

雜誌 ざっし | ざっし | ⓪ 雜誌

座席 ざせき | ざせき | ⓪ 座位

登山 とざん | とざん | ① 登山

＊以「さ」的筆順先寫好「さ」，接著在右上角加上「 ゛」。

再練習一次吧

跟日本老師這樣學50音

ザ
〔za〕

披薩

ピザ

ア行
カ行
サ行
タ行
ナ行
ハ行
マ行
や行
ラ行
ワ行
ン

單字現學現賣

ピザ	ピザ		① 披薩
デザート	デザート		② 點心
デザイン	デザイン		② 設計

＊以「サ」的筆順先寫好「サ」，接著在右上角加上「゛」。

再練習一次吧

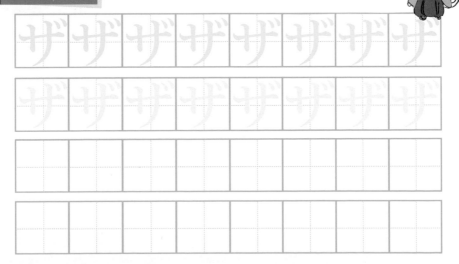

跟日本老師這樣學50音

あ行
か行
さ行
た行
な行
は行
ま行
や行
ら行
わ行
ん

じ

〔ji〕

腳踏車

じてんしゃ

單字現學現賣

事故 じこ　　じこ　　⓪ 事故

時間 じかん　じかん　⓪ 時間

自分 じぶん　じぶん　⓪ 自己

＊以「し」的筆順先寫好「し」，接著在右上角加上「 ゛」。

再練習一次吧

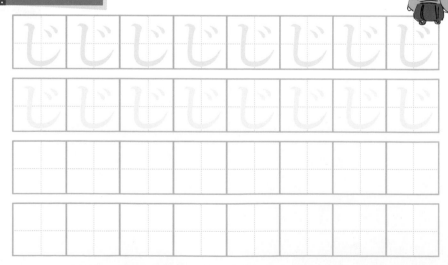

跟日本老師這樣學50音

〔ji〕

長頸鹿

ジラフ

ア行
カ行
サ行
タ行
ナ行
ハ行
マ行
や行
ラ行
ワ行
ン

單字現學現賣

ジラフ	ジ	ラ	フ		① 長頸鹿
ジープ	ジ	ー	プ		① 吉普車
ジーンズ	ジ	ー	ン	ズ	① 牛仔褲

＊以「シ」的筆順先寫好「シ」，接著在右上角加上「 ゛」。

再練習一次吧

▶123

跟日本老師這樣學50音

ず

〔zu〕

ちりり〜ん

涼爽的

すずしい

單字現學現賣

雀	すずめ	すずめ	⓪ 麻雀
図星	ずぼし	ずぼし	⓪ 靶心
涼しい	すずしい	すずしい	③ 涼爽的

＊以「す」的筆順先寫好「す」，接著在右上角加上「゛」。

再練習一次吧

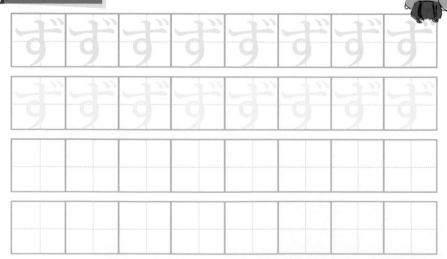

〔**zu**〕

美乃滋

マヨネーズ

ア行
カ行
サ行
タ行
ナ行
ハ行
マ行
や行
ラ行
ワ行
ン

單字現學現賣

ズボン	ズボン	② 褲子
マヨネーズ	マヨネーズ	③ 美乃滋
スムーズ	スムーズ	② 圓滑的

＊以「ス」的筆順先寫好「ス」，接著在右上角加上「〝」。

再練習一次吧

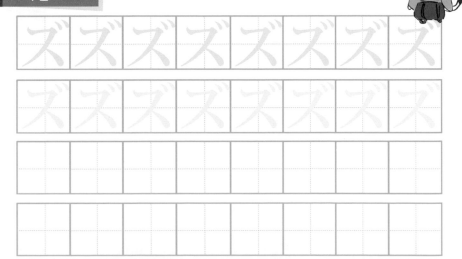

跟日本老師這樣學50音

ぜ

〔ze〕

零錢

こぜに

單字現學現賣

小銭 こぜに	こぜに		0 零錢
全部 ぜんぶ	ぜんぶ		1 全部
税金 ぜいきん	ぜいきん		0 税金

＊以「せ」的筆順先寫好「せ」，接著在右上角加上「 ゛」。

再練習一次吧

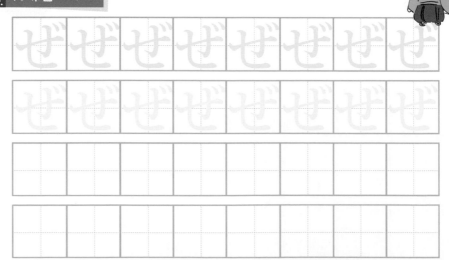

ぜ ぜ ぜ ぜ ぜ ぜ ぜ ぜ

ぜ ぜ ぜ ぜ ぜ ぜ ぜ

126

ゼ

〔ze〕

果凍

ゼリー

單字現學現賣

ゼロ　　　　　①　零

ゼリー　　　　①　果凍

ゼブラ　　　　①　斑馬

＊以「セ」的筆順先寫好「セ」，接著在右上角加上「　゛」。

再練習一次吧

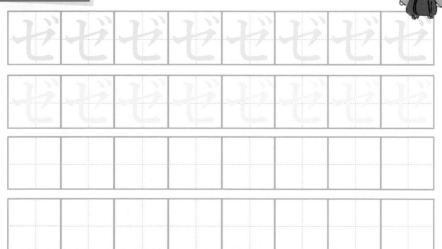

ぞ

〔**zo**〕

大象

ぞう

單字現學現賣

象	ぞう	ぞ	う				① 大象
雑巾	ぞうきん	ぞ	う	き	ん		⓪ 抹布
増加	ぞうか	ぞ	う	か			⓪ 増加

*以「そ」的筆順先寫好「そ」，接著在右上角加上「゛」。

再練習一次吧

ゾ

〔 **ZO** 〕

渡假

リゾート

單字現學現賣

ゾラ ─ | ゾ | ラ | 0 左拉（法國作家）

ゾーン ─ | ゾ | ー | ン | 1 區域

リゾート ─ | リ | ゾ | ー | ト | 2 渡假

*以「ソ」的筆順先寫好「ソ」，接著在右上角加上「 ˝」。

再練習一次吧

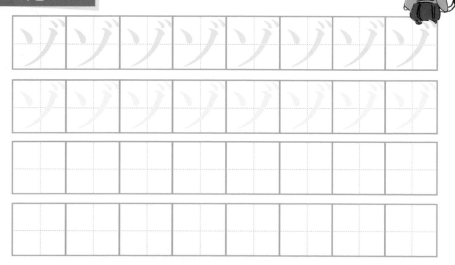

〔da〕

白蘿蔔

だいこん

 單字現學現賣

大根	だいこん	だいこん	0 白蘿蔔
大学	だいがく	だいがく	0 大學
台無し	だいなし	だいなし	0 浪費

＊以「た」的筆順先寫好「た」，接著在右上角加上「〝」。
＊下一個假名ぢヂ（ji）與P.122じジ（ji）發音相同，
づヅ（zu）與P.124ずズ（zu）發音相同，故在此不重複列入。

 再練習一次吧

跟日本老師這樣學50音

[da]

紙箱

ダンボール

單字現學現賣

ダンス　　　　ダ　ン　ス　　　①跳舞

サンダル　　　サ　ン　ダ　ル　　⓪涼鞋

ダンボール　　ダ　ン　ボ　ー　ル　⓪紙箱

＊以「タ」的筆順先寫好「タ」，接著在右上角加上「゛」。

再練習一次吧

| ア行 |
| カ行 |
| サ行 |
| **タ行** |
| ナ行 |
| ハ行 |
| マ行 |
| や行 |
| ラ行 |
| ワ行 |
| ン |

▶131

跟日本老師這樣學50音

あ行
か行
さ行
た行
な行
は行
ま行
や行
ら行
わ行
ん

で
〔de〕

電話

でんわ

單字現學現賣

電話	でんわ	でんわ	⓪ 電話
電池	でんち	でんち	① 電池
出会い	であい	であい	⓪ 相遇

＊以「て」的筆順先寫好「て」，接著在右上角加上「 ゛」。

再練習一次吧

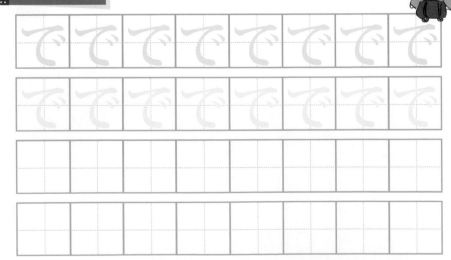

跟日本老師這樣學50音

デ

〔 de 〕

約會

デート

單字現學現賣

デート	デート	① 約會
デパート	デパート	② 百貨公司
データ	データ	① 數據資料

＊以「テ」的筆順先寫好「テ」，接著在右上角加上「 ゛」。

再練習一次吧

跟日本老師這樣學50音

あ行
か行
さ行
た行
な行
は行
ま行
や行
ら行
わ行
ん

〔do〕

單身

どくしん

 單字現學現賣

とど

独身 どくしん

動物 どうぶつ

とど

どくしん

どうぶつ

1 海獅

0 單身

0 動物

＊以「と」的筆順先寫好「と」，接著在右上角加上「〝」。

 再練習一次吧

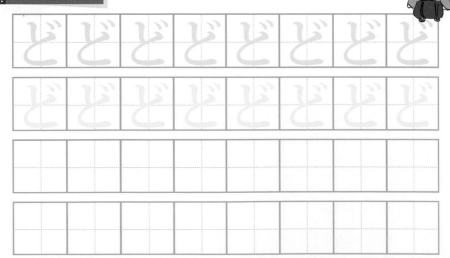

跟日本老師這樣學50音

飲料

ドリンク

ド

〔do〕

單字現學現賣

ドル	ド ル		① 美金
ドア	ド ア		① 門
ドリンク	ド リ ン ク		② 飲料

＊以「ト」的筆順先寫好「ト」，接著在右上角加上「〝」。

再練習一次吧

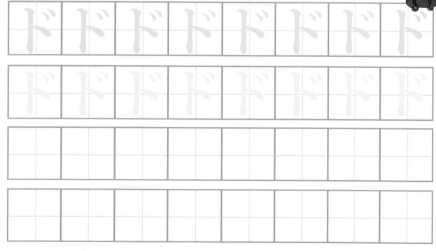

ド ド ド ド ド ド ド ド

ド ド ド ド ド ド ド ド

跟日本老師這樣學50音

ば
〔ba〕

奶奶

おばあさん

單字現學現賣

馬鹿 ばか 　ばか 　① 笨蛋

番号 ばんごう 　ばんごう 　③ 號碼

場合 ばあい 　ばあい 　⓪ ～情況

＊以「は」的筆順先寫好「は」，接著在右上角加上「゛」。

再練習一次吧

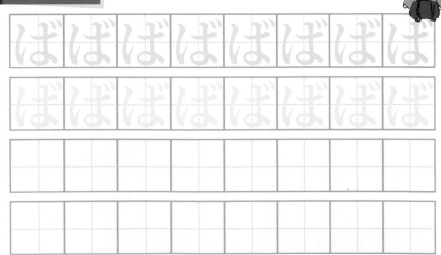

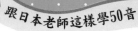

跟日本老師這樣學50音

バ

〔ba〕

巴士

バス

單字現學現賣

バス 　バ　ス　 ① 巴士

バナナ 　バ　ナ　ナ　 ① 香蕉

バイオリン 　バ　イ　オ　リ　ン　 ⓪ 小提琴

＊以「ハ」的筆順先寫好「ハ」，接著在右上角加上「 ゛」。

再練習一次吧

あ行
か行
さ行
た行
な行
は行
ま行
や行
ら行
わ行
ん

び

〔bi〕

煙火

はなび

單字現學現賣

花瓶	かびん	かびん	⓪ 花瓶
花火	はなび	はなび	① 煙火
美容院	びょういん	びょういん	② 美容院

＊以「ひ」的筆順先寫好「ひ」，接著在右上角加上「ﾞ」。

再練習一次吧

跟日本老師這樣學50音

ビ
〔bi〕

啤酒

ビール

單字現學現賣

ビール	ビール	① 啤酒
コンビニ	コンビニ	⓪ 超商
ビタミン	ビタミン	② 維他命

＊以「ヒ」的筆順先寫好「ヒ」，接著在右上角加上「 ゛」。

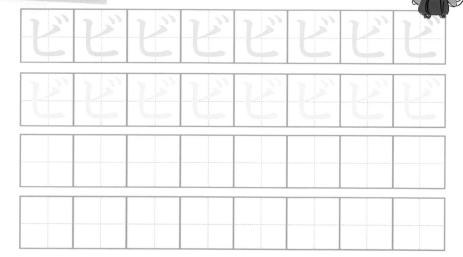

〔**bu**〕

豬

ぶた

 單字現學現賣

葡萄 ぶどう | ぶ | ど | う | | ⓪ 葡萄

豚　ぶた | ぶ | た | | | ⓪ 豬

新聞 しんぶん | し | ん | ぶ | ん | ⓪ 報紙

＊以「ふ」的筆順先寫好「ふ」，接著在右上角加上「゛」。

 再練習一次吧

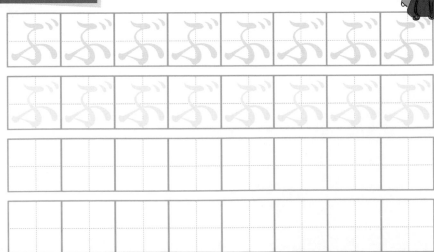

ブ 〔bu〕

藍色

ブルー

單字現學現賣

ブルー ｜ ブルー ｜ 2 藍色

ブーツ ｜ ブーツ ｜ 1 靴子

ブック ｜ ブック ｜ 1 書本

*以「フ」的筆順先寫好「フ」，接著在右上角加上「〝」。

再練習一次吧

跟日本老師這樣學50音

〔be〕

唸書

べんきょう

 單字現學現賣

便利 べんり

弁当 べんとう

米国 べいこく

べ	ん	り

① 便利

べ	ん	と	う

③ 便當

べ	い	こ	く

⓪ 美國

＊以「へ」的筆順先寫好「へ」，接著在右上角加上「゛」。

 再練習一次吧

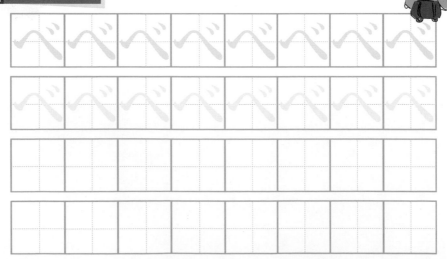

跟日本老師這樣學50音

〔be〕

嬰兒

ベビー

單字現學現賣

ベルト	ベルト	⓪ 皮帶
ベビー	ベビー	① 嬰兒
ベット	ベット	① 床

＊以「ヘ」的筆順先寫好「ヘ」，接著在右上角加上「 ゛」。

再練習一次吧

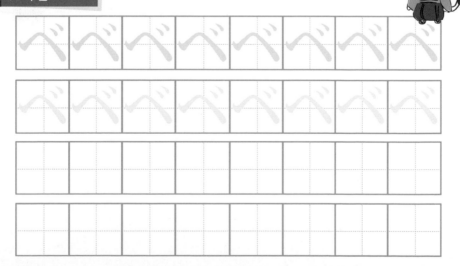

跟日本老師這樣學50音

〔bo〕

和尚

ぼうず

あ行
か行
さ行
た行
な行
は行
ま行
や行
ら行
わ行
ん

 單字現學現賣

帽子 ぼうし　ぼうし　⓪ 帽子

坊主 ぼうず　ぼうず　① 和尚

貿易 ぼうえき　ぼうえき　⓪ 貿易

＊以「ほ」的筆順先寫好「ほ」，接著在右上角加上「ﾞ」。

再練習一次吧

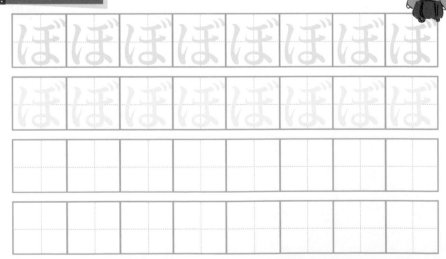

跟日本老師這樣學50音

ボ

〔**bo**〕

男孩

ボーイ

 單字現學現賣

ボール	ボ ー ル	⓪ 球
ボート	ボ ー ト	① 小船
ボーイ	ボ ー イ	① 男孩

＊以「ホ」的筆順先寫好「ホ」，接著在右上角加上「゛」。

 再練習一次吧

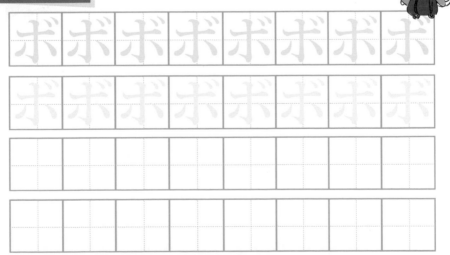

ア行
カ行
サ行
タ行
ナ行
ハ行
マ行
や行
ラ行
ワ行
ン

跟日本老師這樣學50音

ぱ
〔pa〕

あ行
か行
さ行
た行
な行
は行
ま行
や行
ら行
わ行
ん

河童

かっぱ

單字現學現賣

葉っぱ はっぱ ⌊はっぱ⌋ ⓪ 葉子

河童　かっぱ ⌊かっぱ⌋ ⓪ 河童

ぱちんこ ⌊ぱちんこ⌋ ⓪ 柏青哥

＊以「は」的筆順先寫好「は」，接著在右上角加上「o」。

再練習一次吧

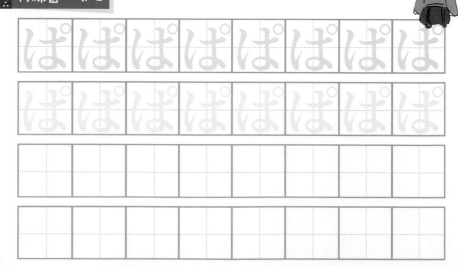

パ

〔pa〕

麵包

パン

單字現學現賣

パン	パン		① 麵包
パス	パス		① 通過
スーパー	スーパー		① 超市

＊以「ハ」的筆順先寫好「ハ」，接著在右上角加上「○」。

 再練習一次吧

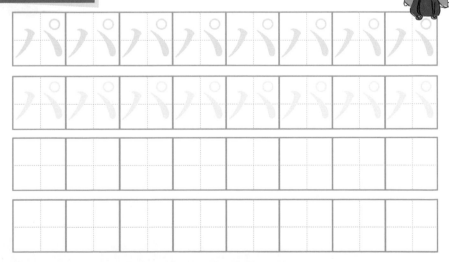

跟日本老師這樣學50音

あ行
か行
さ行
た行
な行
は行
ま行
や行
ら行
わ行
ん

ぴ
〔pi〕

亮晶晶

ぴかぴか

單字現學現賣

鉛筆 えんぴつ | えんぴつ | ⓪ 鉛筆

便秘 べんぴ | べんぴ | ⓪ 便祕

ぴかぴか | ぴかぴか | ② 亮晶晶

＊以「ひ」的筆順先寫好「ひ」，接著在右上角加上「。」。

再練習一次吧

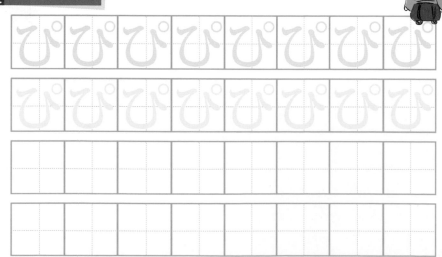

ピ

〔pi〕

鋼琴

ピアノ

單字現學現賣

ピアノ  ⓪ 鋼琴

コピー ① 影印

ピアス ① 穿孔耳環

＊以「ヒ」的筆順先寫好「ヒ」，接著在右上角加上「○」。

再練習一次吧

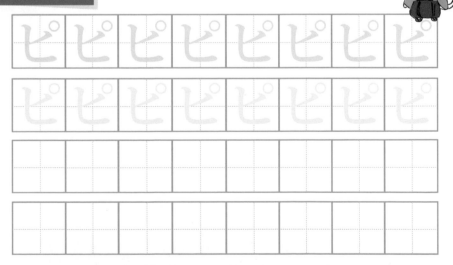

跟日本老師這樣學50音

〔pu〕

電風扇

せんぷうき

あ行
か行
さ行
た行
な行
は行
ま行
や行
ら行
わ行
ん

單字現學現賣

天婦羅	てんぷら	てんぷら	⓪ 天婦羅
切符	きっぷ	きっぷ	⓪ 票
扇風機	せんぷうき	せんぷうき	③ 電風扇

＊以「ふ」的筆順先寫好「ふ」，接著在右上角加上「。」。

再練習一次吧

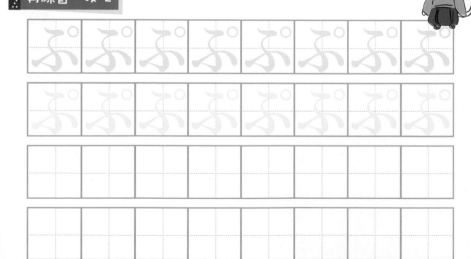

〔pu〕

游泳池

プール

單字現學現賣

プール 　プ－ル　 ① 游泳池

グループ 　グル－プ　 ② 團體

プリンス 　プリンス　 ② 王子

＊以「フ」的筆順先寫好「フ」，接著在右上角加上「。」。

再練習一次吧

跟日本老師這樣學50音

〔pe〕

流利

ぺらぺら

單字現學現賣

憲兵 けんぺい けんぺい ① 憲兵

ぺらぺら ぺらぺら ① 流利

ぺたん ぺたん ② 蹲坐

＊以「へ」的筆順先寫好「へ」，接著在右上角加上「。」。

再練習一次吧

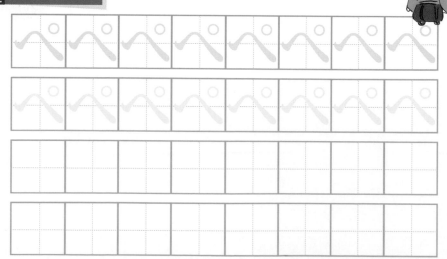

〔pe〕

頁碼

ページ

ア行
カ行
サ行
タ行
ナ行
ハ行
マ行
や行
ラ行
ワ行
ン

ペン

ページ

ペンギン

ペ ン

ペ ー ジ

ペ ン ギ ン

1 筆

0 頁碼

0 企鵝

＊以「ヘ」的筆順先寫好「ヘ」，接著在右上角加上「○」。

 再練習一次吧

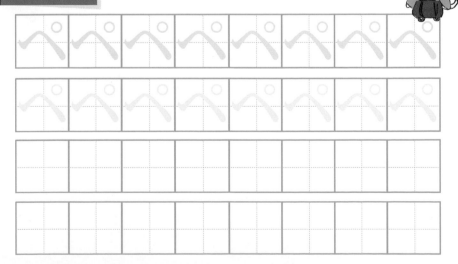

跟日本老師這樣學50音

あ行
か行
さ行
た行
な行
は行
ま行
や行
ら行
わ行
ん

ぽ
〔po〕

散步

さんぽ

 單字現學現賣

しっぽ | し | っ | ぽ | ③ 尾巴

散步 さんぽ | さ | ん | ぽ | ⓪ 散步

店舖 てんぽ | て | ん | ぽ | ① 店舖

＊以「ほ」的筆順先寫好「ほ」，接著在右上角加上「。」。

再練習一次吧

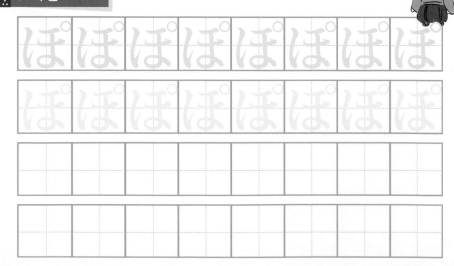

ほ ほ ほ ほ ほ ほ ほ ほ

ほ ほ ほ ほ ほ ほ ほ ほ

跟日本老師這樣學50音

ポ

〔po〕

姿勢

ポーズ

單字現學現賣

ポスト	ポスト	① 郵筒
ポーズ	ポーズ	① 姿勢
ポテト	ポテト	① 馬鈴薯

＊以「ホ」的筆順先寫好「ホ」，接著在右上角加上「。」。

再練習一次吧

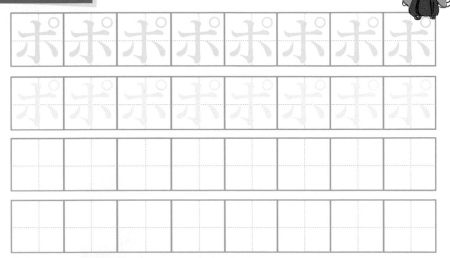

跟日本老師這樣學50音

拗音表

★拗音：拗音是由「い段」的子音，除了「い」以外的「き」、「し」、「ち」、「に」、「ひ」、「み」、「り」等分別搭配上小寫的「や」、「ゆ」、「よ」所構成的音。

拗音（平假名）

142

	き	ぎ	し	じ	ち	に	ひ	び	ぴ	み	り
や	きゃ	ぎゃ	しゃ	じゃ	ちゃ	にゃ	ひゃ	びゃ	ぴゃ	みゃ	りゃ
	kya	gya	sha	ja	cha	nya	hya	bya	pya	mya	rya
ゆ	きゅ	ぎゅ	しゅ	じゅ	ちゅ	にゅ	ひゅ	びゅ	ぴゅ	みゅ	りゅ
	kyu	gyu	shu	ju	chu	nyu	hyu	byu	pyu	myu	ryu
よ	きょ	ぎょ	しょ	じょ	ちょ	にょ	ひょ	びょ	ぴょ	みょ	りょ
	kyo	gyo	sho	jo	cho	nyo	hyo	byo	pyo	myo	ryo

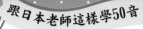

拗音（片假名） 143

	き	ぎ	し	じ	ち	に	ひ	び	ぴ	み	り
や	キャ	ギャ	シャ	ジャ	チャ	ニャ	ヒャ	ビャ	ピャ	ミャ	リャ
	kya	gya	sha	ja	cha	nya	hya	bya	pya	mya	rya
ゆ	キュ	ギュ	シュ	ジュ	チュ	ニュ	ヒュ	ビュ	ピュ	ミュ	リュ
	kyu	gyu	shu	ju	chu	nyu	hyu	byu	pyu	myu	ryu
よ	キョ	ギョ	ショ	ジョ	チョ	ニョ	ヒョ	ビョ	ピョ	ミョ	リョ
	kyo	gyo	sho	jo	cho	nyo	hyo	byo	pyo	myo	ryo

一緒に勉強
しましょう。

跟日本老師這樣學50音

きゃ

〔kya〕

駅弁

客人

きゃく

 單字現學現賣

客　きゃく

きゃ	く

⓪ 客人

脚本 きゃくほん

きゃ	く	ほ	ん

⓪ 脚本

冷却 れいきゃく

れ	い	きゃ	く

⓪ 冷却

＊以「き」的筆順先寫好「き」，接著在「き」的右下方以「や」的筆順再寫下
　「や」。

再練習一次吧

きゃ	きゃ	きゃ	きゃ	きゃ	きゃ	きゃ	きゃ
きゃ	きゃ	きゃ	きゃ	きゃ	きゃ	きゃ	きゃ

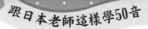
跟日本老師這樣學50音

キャ

〔kya〕

現金

キャッシュ

ア行
カ行
サ行
タ行
ナ行
ハ行
マ行
や行
ラ行
ワ行
ン

單字現學現賣

キャッシュ

| キ | ャッ | シュ |

① 現金

キャンドル

| キ | ャ | ン | ド | ル |

① 蠟燭

キャベツ

| キ | ャ | ベ | ツ |

① 高麗菜

＊以「キ」的筆順先寫好「キ」，接著在「キ」的右下方以「ャ」的筆順再寫下「ャ」。

再練習一次吧

| キャ | キャ | キャ | キャ | キャ | キャ | キャ | キャ |

| キャ | キャ | キャ | キャ | キャ | キャ | キャ | キャ |

| | | | | | | | |

跟日本老師這樣學50音

あ行
か行
さ行
た行
な行
は行
ま行
や行
ら行
わ行
ん

きゅ

〔kyu〕

小黃瓜

きゅうり

單字現學現賣

きゅうり	きゅ	う	り

① 小黃瓜

急に	きゅ	う	に

① 突然

救急車	きゅ	う	きゅ	う	しゃ

③ 救護車

＊以「き」的筆順先寫好「き」，接著在「き」的右下方以「ゆ」的筆順再寫下「ゆ」。

再練習一次吧

きゅ	きゅ	きゅ	きゅ	きゅ	きゅ	きゅ	きゅ
きゅ	きゅ	きゅ	きゅ	きゅ	きゅ	きゅ	きゅ

跟日本老師這樣學50音

キュ

〔kyu〕

丘比特

キューピッド

單字現學現賣

キュート

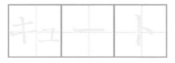

キュート

① 可愛

キューバ

キューバ

① 古巴

キュリー

キュリー

① 居禮夫人

*以「キ」的筆順先寫好「キ」，接著在「キ」的右下方以「ユ」的筆順再寫下
「ユ」。

再練習一次吧

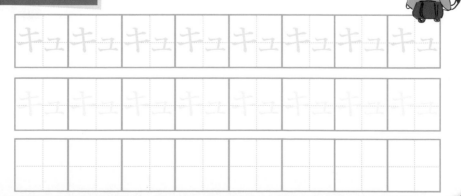

キュキュキュキュキュキュキュキュ

キュ　キュ　キュ　キュ　キュ

ア行
カ行
サ行
タ行
ナ行
ハ行
マ行
や行
ラ行
ワ行
ン

跟日本老師這樣學50音

きょ

〔kyo〕

老師

きょうし

単字現學現賣

きょ	う

今日 きょう

① 今天

きょ	う	し

教師 きょうし

① 老師

きょ	う	い	く

教育 きょういく

⓪ 教育

＊以「き」的筆順先寫好「き」，接著在「き」的右下方以「よ」的筆順再寫下「よ」。

再練習一次吧

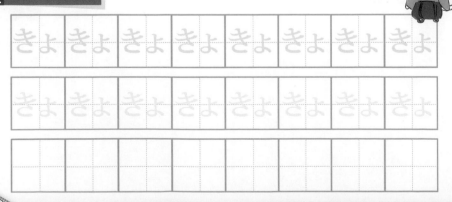

きょ	きょ	きょ	きょ	きょ	きょ	きょ	きょ
きょ	きょ	きょ	きょ	きょ	きょ	きょ	きょ

跟日本老師這樣學50音

キョ

〔kyo〕

鬼鬼祟祟

キョドる

單字現學現賣

キョドる	キョ	ド	る		1 鬼鬼祟祟
キョンシー	キョ	ン	シー		1 殭屍
巨峰 キョホウ	キョ	ホ	ウ		0 巨峰

＊以「キ」的筆順先寫好「キ」，接著在「キ」的右下方以「ョ」的筆順再寫下「ョ」。

再練習一次吧

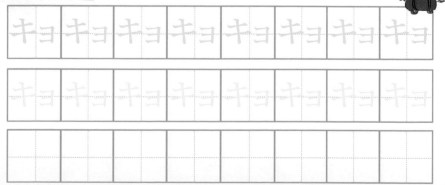

キョ	キョ	キョ	キョ	キョ	キョ	キョ	キョ
キョ	キョ	キョ	キョ	キョ	キョ	キョ	キョ

跟日本老師這樣學50音

あ行
か行
さ行
た行
な行
は行
ま行
や行
ら行
わ行
ん

しゃ

〔sha〕

聊天

しゃべる

單字現學現賣

車庫 しゃこ ⬜ しゃこ　1 車庫

写真 しゃしん ⬜ しゃしん　0 照片

喋る しゃべる ⬜ しゃべる　2 聊天

＊以「し」的筆順先寫好「し」，接著在「し」的右下方以「や」的筆順再寫下「や」。

再練習一次吧

跟日本老師這樣學50音

シャ

〔sha〕

襯衫

シャツ

單字現學現賣

シ	ャ	ツ	

シャツ　　　　　　① 襯衫

シ	ャ	ン	プ	ー

シャンプー　　　　① 洗髮精

シ	ャ	ッ	タ	ー

シャッター　　　　① 快門

＊以「シ」的筆順先寫好「シ」，接著在「シ」的右下方以「ヤ」的筆順再寫下「ヤ」。

再練習一次吧

シャ	シャ	シャ	シャ	シャ	シャ	シャ	シャ

跟日本老師這樣學50音

あ行
か行
さ行
た行
な行
は行
ま行
や行
ら行
わ行
ん

しゅ

〔shu〕

歌手

かしゅ

單字現學現賣

趣味 しゅみ

しゅ	み

① 嗜好

主人 しゅじん

しゅ	じ	ん

① 老公

歌手 かしゅ

か	しゅ

① 歌手

＊以「し」的筆順先寫好「し」，接著在「し」的右下方以「ゆ」的筆順再寫下
「ゆ」。

再練習一次吧

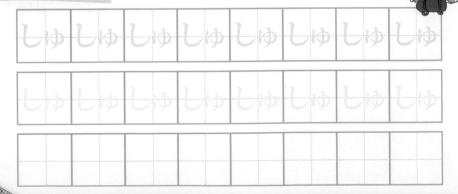

跟日本老師這樣學50音

シュ

〔shu〕

燒賣

シューマイ

單字現學現賣

ラ	ッ	シュ

ラッシュ ① 蜂擁；突進

シュ	ー	ズ

シューズ ① 鞋子

シュ	ー	マ	イ

シューマイ ⓪ 燒賣

＊以「シ」的筆順先寫好「シ」，接著在「シ」的右下方以「ユ」的筆順再寫下「ユ」。

再練習一次吧

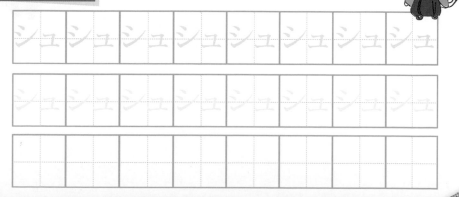

シュ シュ シュ シュ シュ シュ シュ シュ

跟日本老師這樣學50音

しょ

〔 sho 〕

一起

いっしょ

單字現學現賣

しょ	う	ゆ

醤油 しょうゆ　　　　⓪ 醤油

しょ	っ	き

食器 しょっき　　　　⓪ 餐具

い	っ	しょ

一緒 いっしょ　　　　⓪ 一起

*以「し」的筆順先寫好「し」，接著在「し」的右下方以「よ」的筆順再寫下「よ」。

再練習一次吧

しょ	しょ	しょ	しょ	しょ	しょ	しょ	しょ
しょ	しょ	しょ	しょ	しょ	しょ	しょ	しょ

シ ョ

〔sho〕

ペット
ショップ

商店

ショップ

單字現學現賣

ショー

ショ	ー

1 展示

ショップ

ショ	ッ	プ

1 商店

ショッピング

ショ	ッ	ピ	ン	グ

1 逛街

＊以「シ」的筆順先寫好「シ」，接著在「シ」的右下方以「ヨ」的筆順再寫下「ヨ」。

再練習一次吧

ショ	ショ	ショ	ショ	ショ	ショ	ショ	ショ
ショ	ショ	ショ	ショ	ショ	ショ	ショ	ショ

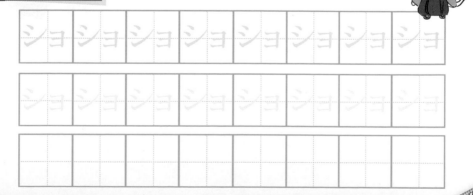

右側標籤：ア行　カ行　サ行　タ行　ナ行　ハ行　マ行　や行　ラ行　ワ行　ン

跟日本老師這樣學50音

ちゃ

〔cha〕

玩具

おもちゃ

單字現學現賣

紅茶 こうちゃ

こ	う	ちゃ

0 紅茶

玩具 おもちゃ

お	も	ちゃ

2 玩具

試着 しちゃく

し	ちゃ	く

0 試穿

＊以「ち」的筆順先寫好「ち」，接著在「ち」的右下方以「や」的筆順再寫下「や」。

再練習一次吧

跟日本老師這樣學50音

チャ

〔cha〕

冠軍

チャンピオン

單字現學現賣

チャンス 　チャンス　 ① 機會

チャーハン 　チャーハン　 ① 炒飯

チャンピオン 　チャンピオン　 ① 冠軍

＊以「チ」的筆順先寫好「チ」，接著在「チ」的右下方以「ャ」的筆順再寫下「ャ」。

再練習一次吧

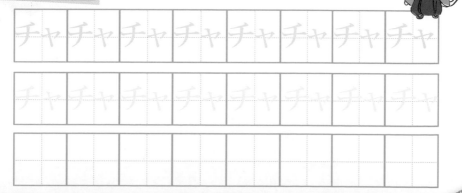

ちゅ

〔chu〕

國中

ちゅうがく

 單字現學現賣

| 中学 ちゅうがく | ちゅ | う | が | く | ① 國中 |

| 注文 ちゅうもん | ちゅ | う | も | ん | ⓪ 訂購；點餐 |

| 注意 ちゅうい | ちゅ | う | い | | ① 注意 |

＊以「ち」的筆順先寫好「ち」，接著在「ち」的右下方以「ゆ」的筆順再寫下「ゆ」。

再練習一次吧

跟日本老師這樣學50音

チュ

〔 chu 〕

鬱金香

チューリップ

單字現學現賣

チューバ	チュ ー バ	① 大喇叭
ビーチュー	ビ ー チュ ー	③ 米酒
チューリップ	チュ ー リ ッ プ	① 鬱金香

＊以「チ」的筆順先寫好「チ」，接著在「チ」的右下方以「ユ」的筆順再寫下「ユ」。

再練習一次吧

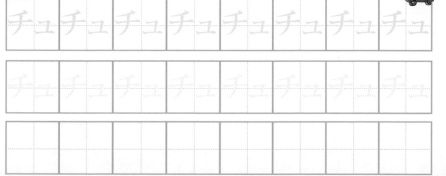

チュ チュ チュ チュ チュ チュ チュ チュ

チュ チュ チュ チュ チュ チュ チュ チュ

跟日本老師這樣學50音

ちょ

〔cho〕

存錢

ちょきん

單字現學現賣

蝶　ちょう

貯金 ちょきん

丁度 ちょうど

ちょ	う	

1 蝴蝶

ちょ	き	ん

0 存錢

ちょ	う	ど

0 正好

＊以「ち」的筆順先寫好「ち」，接著在「ち」的右下方以「よ」的筆順再寫下「よ」。

再練習一次吧

跟日本老師這樣學50音

チョ

〔 cho 〕

巧克力

チョコレート

單字現學現賣

チョーク	チョ ー ク	① 粉筆
チョイス	チョ イ ス	① 選擇
チョコレート	チョ コ レ ー ト	③ 巧克力

＊以「チ」的筆順先寫好「チ」，接著在「チ」的右下方以「ヨ」的筆順再寫下「ヨ」。

再練習一次吧

跟日本老師這樣學50音

にゃ

〔 **nya** 〕

喵喵

にゃあにゃあ

單字現學現賣

こんにゃく

こ	ん	にゃ	く

③ 蒟蒻

にゃあにゃあ

にゃ	あ	にゃ	あ

にゃ	あ	にゃ	あ

① 喵喵
（貓叫聲）

＊以「に」的筆順先寫好「に」，接著在「に」的右下方以「や」的筆順再寫下「や」。

再練習一次吧

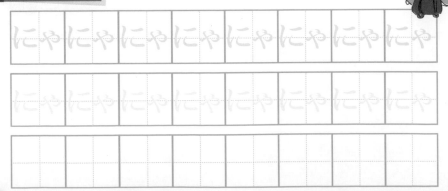

にゃ	にゃ	にゃ	にゃ	にゃ	にゃ	にゃ	にゃ
にゃ	にゃ	にゃ	にゃ	にゃ	にゃ	にゃ	にゃ

跟日本老師這樣學50音

〔nya〕

羅瑪納諾
（義大利地名）
ロマニャーノ

單字現學現賣

ニャクラ

ニャ	ク	ラ

0 越南芽莊
（地名）

ロマニャーノ

ロ	マ	ニャ	ー	ノ

3 羅瑪納諾
（義大利地名）

＊以「ニ」的筆順先寫好「ニ」，接著在「ニ」的右下方以「ヤ」的筆順再寫下「ヤ」。

再練習一次吧

ニャ	ニャ	ニャ	ニャ	ニャ	ニャ	ニャ	ニャ

ア行
カ行
サ行
タ行
ナ行
ハ行
マ行
や行
ラ行
ワ行
ン

跟日本老師這樣學50音

にゅ

〔nyu〕

入學

にゅうがく

單字現學現賣

入学 にゅうがく 　　⓪ 入學

入院 にゅういん 　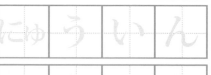　⓪ 住院

牛乳 ぎゅうにゅう 　　⓪ 牛奶

＊以「に」的筆順先寫好「に」，接著在「に」的右下方以「ゆ」的筆順再寫下「ゆ」。

再練習一次吧

跟日本老師這樣學50音

ニュ

〔nyu〕

紐約

ニューヨーク

單字現學現賣

ニュ	ー	ス

ニュース　　　　　① 新聞

ニュ	ー	ヨ	ー	ク

ニューヨーク　　③ 紐約

メ	ニュ	ー

メニュー　　　　① 菜單

* 以「ニ」的筆順先寫好「ニ」，接著在「ニ」的右下方以「ユ」的筆順再寫下「ユ」。

再練習一次吧

にょ

〔nyo〕

老婆

にょうぼう

單字現學現賣

天女 てんにょ　　　てんにょ　　　① 天仙；仙女

女房 にょうぼう　　にょうぼう　　① 老婆

尿意 にょうい　　　にょうい　　　① 尿意

＊以「に」的筆順先寫好「に」，接著在「に」的右下方以「よ」的筆順再寫下
　「よ」。

:: 再練習一次吧

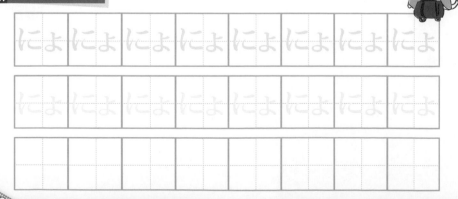

にょにょにょにょにょにょにょにょ

にょにょにょにょにょにょにょにょ

ニョ

〔nyo〕

居紐

キュニョー

ア行
カ行
サ行
タ行
ナ行
ハ行
マ行
や行
ラ行
ワ行
ン

單字現學現賣

ニョッキ

ニ	ョ	ッ	キ

1 義大利麵疙瘩

ニョクマン

ニ	ョ	ク	マ	ン

1 越南魚醬

キュニョー

キ	ュ	ニ	ョ	ー

0 居紐
（法國蒸氣車發明者）

＊以「ニ」的筆順先寫好「ニ」，接著在「ニ」的右下方以「ョ」的筆順再寫下
「ョ」。

再練習一次吧

ニョ	ニョ	ニョ	ニョ	ニョ	ニョ	ニョ	ニョ

跟日本老師這樣學50音

ひゃ

〔hya〕

 一百

ひゃく

單字現學現賣

百　ひゃく

ひゃく

② 一百

百科 ひゃっか

ひゃっか

① 百科

百年 ひゃくねん

ひゃくねん

② 百年

＊以「ひ」的筆順先寫好「ひ」，接著在「ひ」的右下方以「や」的筆順再寫下「や」。

再練習一次吧

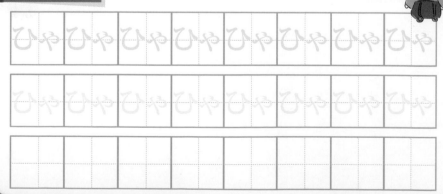

ひゃ ひゃ ひゃ ひゃ ひゃ ひゃ ひゃ ひゃ

跟日本老師這樣學50音

ヒャ

〔hya〕

百元商店

ヒャッキン

 單字現學現賣

ヒャッキン	ヒャッキン	① 百元商店
ヒャッポダ	ヒャッポダ	③ 百步蛇
ヒャア	ヒャア	① 驚叫

*以「ヒ」的筆順先寫好「ヒ」，接著在「ヒ」的右下方以「ヤ」的筆順再寫下「ヤ」。

再練習一次吧

ヒャ ヒャ ヒャ ヒャ ヒャ ヒャ ヒャ ヒャ

ヒャ ヒャ ヒャ ヒャ ヒャ ヒャ ヒャ ヒャ

ひゅ

〔hyu〕

咻咻的

ひゅーひゅー

單字現學現賣

ひゅーひゅー

日向市

[0] 咻咻的
(風吹聲)

[3] 日向市
(日本地名)

＊以「ひ」的筆順先寫好「ひ」，接著在「ひ」的右下方以「ゆ」的筆順再寫下「ゆ」。

再練習一次吧

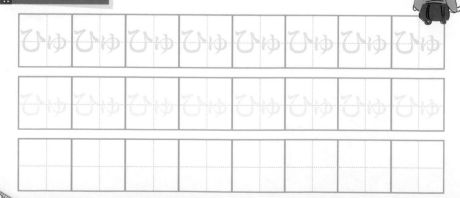

ヒュ

〔hyu〕

人類

ヒューマン

單字現學現賣

ヒューズ　　　　ヒューーズ　　　① 保險絲

ヒューストン　ヒューーストン　④ 休士頓

ヒューマン　　ヒューーマン　　⓪ 人類的

＊以「ヒ」的筆順先寫好「ヒ」，接著在「ヒ」的右下方以「ユ」的筆順再寫下「ユ」。

再練習一次吧

ヒュ ヒュ ヒュ ヒュ ヒュ ヒュ ヒュ ヒュ

ヒュ ヒュ ヒュ ヒュ ヒュ ヒュ ヒュ

ひょ

〔hyo〕

表情

ひょうじょう

 單字現學現賣

ひょうし	ひ	ょ	う	し			③ 封面；表皮
ひょうじょう	ひ	ょ	う	じ	ょ	う	③ 表情
ひょっとして	ひ	ょ	っ	と	し	て	① 萬一

＊以「ひ」的筆順先寫好「ひ」，接著在「ひ」的右下方以「ょ」的筆順再寫下「ょ」。

 再練習一次吧

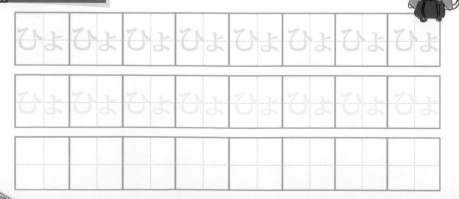

跟日本老師這樣學50音

ヒョ

〔hyo〕

豹

ヒョウ

| ア行 |
| カ行 |
| サ行 |
| タ行 |
| ナ行 |
| ハ行 |
| マ行 |
| や行 |
| ラ行 |
| ワ行 |
| ン |

單字現學現賣

ヒョウ

| ヒョ | ウ | | |

④ 花豹

瓢箪 ヒョウタン

| ヒョ | ウ | タ | ン |

③ 葫蘆

| ヒョ | ウ | タ | ン |

＊以「ヒ」的筆順先寫好「ヒ」，接著在「ヒ」的右下方以「ョ」的筆順再寫下「ョ」。

再練習一次吧

〔mya〕

山脈

さんみゃく

單字現學現賣

脈　みゃく

みゃ	く

② 脈搏

山脈 さんみゃく

さ	ん	みゃ	く

⓪ 山脈

みゃくしん

みゃ	く	し	ん

⓪ 把脈

＊以「み」的筆順先寫好「み」，接著在「み」的右下方以「や」的筆順再寫下「や」。

再練習一次吧

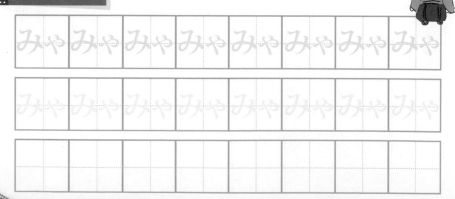

〔mya〕

貓叫聲

ミャーオ

 單字現學現賣

ミャ	オ	

ミャオ ⓪ 苗族

ミャ	ン	マ	ー

ミャンマー ① 緬甸

ミャ	ー	オ

ミャーオ ① 貓叫聲

*以「ミ」的筆順先寫好「ミ」，接著在「ミ」的右下方以「ヤ」的筆順再寫下「ヤ」。

再練習一次吧

跟日本老師這樣學50音

みゅ

〔myu〕

美勇士

みゅうじ

あ行
か行
さ行
た行
な行
は行
ま行
や行
ら行
わ行
ん

單字現學現賣

美勇士 | みゅ | う | じ |

⓪ 美勇士
(人名)

大豆生田 | お | お | ま | みゅ | う | だ |

⓪ 大豆生田
(姓)

＊以「み」的筆順先寫好「み」，接著在「み」的右下方以「ゆ」的筆順再寫下
　「ゆ」。

再練習一次吧

みゅ みゅ みゅ みゅ みゅ みゅ みゅ みゅ

みゅ みゅ みゅ みゅ みゅ みゅ みゅ みゅ

ミユ

〔myu〕

音樂家

ミュージシャン

ア行
カ行
サ行
タ行
ナ行
ハ行
マ行
や行
ラ行
ワ行
ン

單字現學現賣

ミュ	ン	ヘ	ン

⓪ 慕尼黑
(德國)

ミュンヘン

ミュ	ー	ジ	ッ	ク

① 音樂

ミュージック

ミュ	ー	ジ	ッ	ク

*以「ミ」的筆順先寫好「ミ」，接著在「ミ」的右下方以「ユ」的筆順再寫下「ユ」。

再練習一次吧

ミュ	ミュ	ミュ	ミュ	ミュ	ミュ	ミュ	ミュ

跟日本老師這樣學50音

みょ

〔myo〕

姓氏

みょうじ

單字現學現賣

苗字 みょうじ

みょ	う	じ

① 姓氏

名利 みょうり

みょ	う	り

① 名利

絶妙 ぜつみょう

ぜ	つ	みょ	う

⓪ 絶妙

＊以「み」的筆順先寫好「み」，接著在「み」的右下方以「よ」的筆順再寫下「よ」。

 再練習一次吧

明洞
ミョンドン

單字現學現賣

ミョンドン	ミ	ョン	ドン		0 明洞 (韓國)
ミョーバン	ミョー	バン			0 明礬
ミョーサ湖	ミョー	サこ			0 米約薩湖 (挪威)

ミョンドン ミョンドン ０ 明洞（韓國）

ミョーバン ミョーバン ０ 明礬

ミョーサ湖 ミョーサこ ０ 米約薩湖（挪威）

＊以「ミ」的筆順先寫好「ミ」，接著在「ミ」的右下方以「ョ」的筆順再寫下「ョ」。

再練習一次吧

ミョ ミョ ミョ ミョ ミョ ミョ ミョ ミョ

右側索引標籤：ア行 カ行 サ行 タ行 ナ行 ハ行 マ行 や行 ラ行 ワ行 ン

跟日本老師這樣學50音

りゃ

〔rya〕

戰略
せんりゃく

略　りゃく

② 省略

概略 がいりゃく

⓪ 概略

戰略 せんりゃく

⓪ 戰略

＊以「り」的筆順先寫好「り」，接著在「り」的右下方以「や」的筆順再寫下「や」。

再練習一次吧

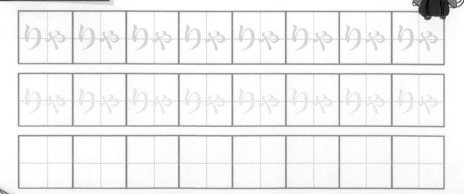

リャ

〔rya〕

卡拉里
(義大利)

カリャリ

ア行
カ行
サ行
タ行
ナ行
ハ行
マ行
ヤ行
ラ行
ワ行
ン

單字現學現賣

リャマ

リャ	マ

1 美洲駝

カリャリ

カ	リャ	リ
カ	リャ	リ

0 卡拉里
(義大利)

*以「リ」的筆順先寫好「リ」，接著在「リ」的右下方以「ヤ」的筆順再寫下
「ヤ」。

再練習一次吧

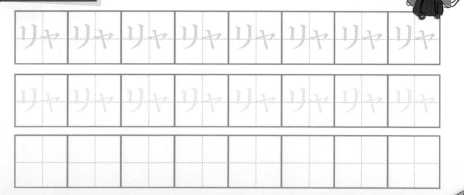

リャ	リャ	リャ	リャ	リャ	リャ	リャ	リャ
リャ	リャ	リャ	リャ	リャ	リャ	リャ	リャ

跟日本老師這樣學50音

りゅ

〔ryu〕

留學

りゅうがく

單字現學現賣

留学 りゅうがく

りゅ	う	が	く

⓪ 留學

流行 りゅうこう

りゅ	う	こ	う

⓪ 流行

留意 りゅうい

りゅ	う	い	

① 留意

＊以「り」的筆順先寫好「り」，接著在「り」的右下方以「ゆ」的筆順再寫下「ゆ」。

再練習一次吧

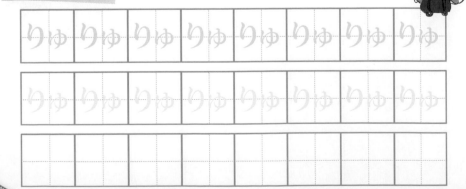

跟日本老師這樣學50音

リュ
〔ryu〕

旅順

リュイシュン

單字現學現賣

| リュイシュン | リュ | イ | シュン | ン | ⓪ 旅順
(中國) |

リュイシュン　リュ　イ　シュン　ン　⓪ 旅順（中國）

リュージュ　リュ　ー　ジュ　① 無舵雪橇

リュート　リュ　ー　ト　① 魯特琴

* 以「リ」的筆順先寫好「リ」，接著在「リ」的右下方以「ュ」的筆順再寫下「ュ」。

再練習一次吧

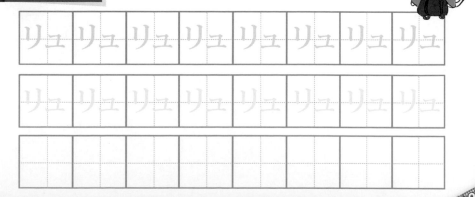

リュ　リュ　リュ　リュ　リュ　リュ　リュ　リュ

リュ　リュ　リュ　リュ　リュ　リュ　リュ　リュ

跟日本老師這樣學50音

りょ
〔ryo〕

宿舍

りょう

 單字現學現賣

料亭 りょうてい	りょ	う	て	い	⓪ 高級日本料理店

寮　　りょう	りょ	う			① 宿舍

両替 りょうがえ	りょ	う	が	え	⓪ 換錢

＊以「り」的筆順先寫好「り」，接著在「り」的右下方以「よ」的筆順再寫下「よ」。

 再練習一次吧

りょ	りょ	りょ	りょ	りょ	りょ	りょ	りょ
りょ	りょ	りょ	りょ	りょ	りょ	りょ	りょ

跟日本老師這樣學50音

ア行
カ行
サ行
タ行
ナ行
ハ行
マ行
や行
ラ行
ワ行
ン

リョ

〔ryo〕

綠豆

リョクトウ

單字現學現賣

リョクトウ

リョ	ク	ト	ウ

⓪ 綠豆

リョーマチーケ

リョ	ー	マ	チ	ー	ケ

⓪ 風濕病

*以「リ」的筆順先寫好「リ」，接著在「リ」的右下方以「ヨ」的筆順再寫下「ヨ」。

再練習一次吧

リョ	リョ	リョ	リョ	リョ	リョ	リョ	リョ
リョ	リョ	リョ	リョ	リョ	リョ	リョ	リョ

ぎゃ

〔gya〕

逆轉

ぎゃくてん

單字現學現賣

逆襲 ぎゃくしゅう	ぎゃ	く	しゅ	う	⓪ 反擊

逆運 ぎゃくうん	ぎゃ	く	う	ん	⓪ 厄運

逆転 ぎゃくてん	ぎゃ	く	て	ん	⓪ 逆轉

＊以「ぎ」的筆順先寫好「ぎ」，接著在「ぎ」的右下方以「や」的筆順再寫下「や」。

再練習一次吧

ぎゃ ぎゃ ぎゃ ぎゃ ぎゃ ぎゃ ぎゃ ぎゃ

ぎゃ ぎゃ ぎゃ ぎゃ ぎゃ ぎゃ ぎゃ ぎゃ

ギャ

〔gya〕

裂縫

ギャップ

ア行
カ行
サ行
タ行
ナ行
ハ行
マ行
や行
ラ行
ワ行
ン

 單字現學現賣

ギャグ

ギ	グ

① 噱頭

ギャップ

ギ	ャ	ッ	プ

① 裂縫

ギャラリー

ギ	ャ	ラ	リ	ー

① 畫廊

＊以「ギ」的筆順先寫好「ギ」，接著在「ギ」的右下方以「ヤ」的筆順再寫下「ヤ」。

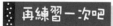 再練習一次吧

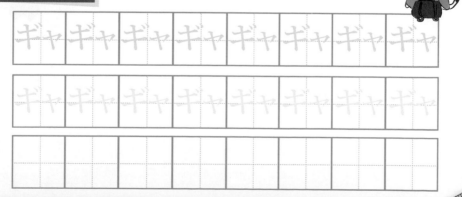

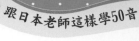
跟日本老師這樣學50音

あ行
か行
さ行
た行
な行
は行
ま行
や行
ら行
わ行
ん

ぎゅ

[gyu]

牛肉

ぎゅうにく

單字現學現賣

す	い	ぎゅ	う

水牛 すいぎゅう　　⓪ 水牛

ぎゅ	う	ど	ん

牛丼 ぎゅうどん　　⓪ 牛丼

ぎゅ	う	に	く

牛肉 ぎゅうにく　　⓪ 牛肉

＊以「ぎ」的筆順先寫好「ぎ」，接著在「ぎ」的右下方以「ゆ」的筆順再寫下「ゆ」。

再練習一次吧

ぎゅ	ぎゅ	ぎゅ	ぎゅ	ぎゅ	ぎゅ	ぎゅ	ぎゅ
ぎゅ	ぎゅ	ぎゅ	ぎゅ	ぎゅ	ぎゅ	ぎゅ	ぎゅ

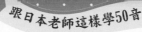
跟日本老師這樣學50音

ギュ

〔gyu〕

暗礁

ギュヨー

單字現學現賣

ギュヨー	ギュヨー	1 暗礁
ギュムミ	ギュムミ	0 樹膠
ギュルデン	ギュルデン	0 荷蘭

＊以「ギ」的筆順先寫好「ギ」，接著在「ギ」的右下方以「ユ」的筆順再寫下「ユ」。

再練習一次吧

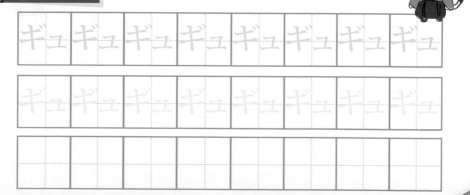

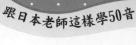

跟日本老師這樣學50音

ぎょ

〔gyo〕

商業

しょうぎょう

あ行
か行
さ行
た行
な行
は行
ま行
や行
ら行
わ行
ん

單字現學現賣

商業 しょうぎょう	しょ	う	ぎょ	う	① 商業
行儀 ぎょうぎ	ぎょ	う	ぎ		⓪ 禮貌
営業 えいぎょう	え	い	ぎょ	う	⓪ 營業

＊以「ぎ」的筆順先寫好「ぎ」，接著在「ぎ」的右下方以「ょ」的筆順再寫下「ょ」。

再練習一次吧

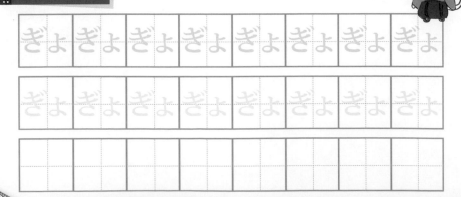

跟日本老師這樣學50音

ギョ

〔gyo〕

金魚

キンギョ

ア行
カ行
サ行
タ行
ナ行
ハ行
マ行
や行
ラ行
ワ行
ン

單字現學現賣

ギョ	ー	ザ

ギョーザ　　　⓪ 餃子

キ	ン	ギョ

キンギョ　　　① 金魚

ギョ	チ	ン

ギョチン　　　⓪ 閘刀式剪切機

＊以「ギ」的筆順先寫好「ギ」，接著在「ギ」的右下方以「ョ」的筆順再寫下
　「ョ」。

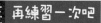
再練習一次吧

ギョ	ギョ	ギョ	ギョ	ギョ	ギョ	ギョ	ギョ
ギョ	ギョ	ギョ	ギョ	ギョ	ギョ	ギョ	ギョ

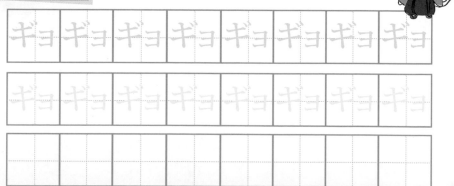

あ行
か行
さ行
た行
な行
は行
ま行
や行
ら行
わ行
ん

じゃ

〔ja〕

神社

じんじゃ

 單字現學現賣

蛇口 じゃぐち  ⓪ 水龍頭

神社 じんじゃ  ① 神社

弱点 じゃくてん 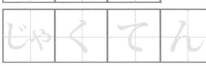 ③ 弱點

＊以「じ」的筆順先寫好「じ」，接著在「じ」的右下方以「や」的筆順再寫下「や」。

再練習一次吧

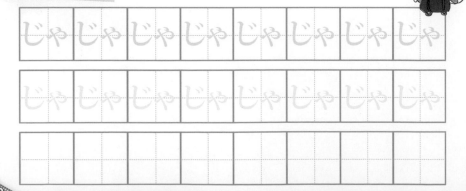

〔ja〕

果醬
ジャム

單字現學現賣

ジャズ			① 爵士
ジャム			① 果醬
ジャー	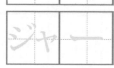		① 熱水瓶

*以「ジ」的筆順先寫好「ジ」，接著在「ジ」的右下方以「ャ」的筆順再寫下「ャ」。

再練習一次吧

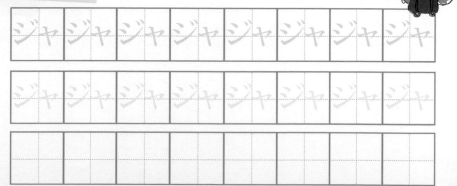

ア行
カ行
サ行
タ行
ナ行
ハ行
マ行
や行
ラ行
ワ行
ン

跟日本老師這樣學50音

じゅ
〔ju〕

珍珠

しんじゅ

あ行
か行
さ行
た行
な行
は行
ま行
や行
ら行
わ行
ん

 單字現學現賣

住所 じゅうしょ

① 地址

真珠 しんじゅ

① 珍珠

重要 じゅうよう

① 重要

＊以「じ」的筆順先寫好「じ」，接著在「じ」的右下方以「ゅ」的筆順再寫下「ゅ」。

再練習一次吧

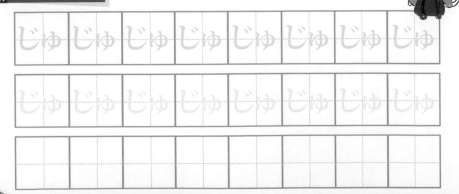

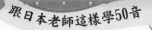
跟日本老師這樣學50音

ジュ

〔ju〕

果汁

ジュース

ア行
カ行
サ行
タ行
ナ行
ハ行
マ行
や行
ラ行
ワ行
ン

單字現學現賣

ジュース	ジュース			① 果汁
ジュニア	ジュニア			① 年少的
カジュアル	カジュアル				① 休閒的

＊以「ジ」的筆順先寫好「ジ」，接著在「ジ」的右下方以「ュ」的筆順再寫下「ュ」。

再練習一次吧

じょ

〔jo〕

帳單

かんじょう

單字現學現賣

勘定 かんじょう | かんじょう | ③ 帳單

冗談 じょうだん | じょうだん | ③ 開玩笑

近所 きんじょ | きんじょ | ① 附近

＊以「じ」的筆順先寫好「じ」，接著在「じ」的右下方以「よ」的筆順再寫下「よ」。

再練習一次吧

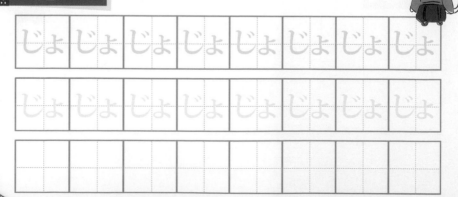

じょ じょ じょ じょ じょ じょ じょ じょ

じょ じょ じょ じょ じょ じょ じょ じょ

跟日本老師這樣學50音

ジョ

(jo)

慢跑

ジョギング

單字現學現賣

ジョーク | ジョ ー ク | ① 笑話

ジョッキー | ジョ ッ キー | ① 騎師

ジョギング | ジョ ギ ン グ | ⓪ 慢跑

*以「ジ」的筆順先寫好「ジ」，接著在「ジ」的右下方以「ョ」的筆順再寫下「ョ」。

再練習一次吧

ジョ ジョ ジョ ジョ ジョ ジョ ジョ ジョ

跟日本老師這樣學50音

あ行
か行
さ行
た行
な行
は行
ま行
や行
ら行
わ行
ん

びや

〔bya〕

黒白

こくびゃく

 單字現學現賣

こ	く	びゃ	く	⓪ 黒白
び	ゃ	く	え	① 白衣
び	ゃ	く	し	① 白芷

黒白 こくびゃく

白衣 びゃくえ

びゃくし

＊以「び」的筆順先寫好「び」，接著在「び」的右下方以「や」的筆順再寫下「や」。

再練習一次吧

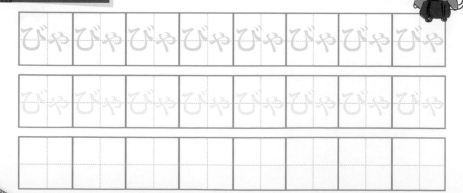

ビャ

[bya]

白檀

ビャクダン

單字現學現賣

ビャワがわ	ビャ	ワ	が	わ	② 比亞河（非洲）
ビャクダン	ビャ	ク	ダ	ン	⓪ 白檀（花名）
	ビャ	ク	ダ	ン	

＊以「ビ」的筆順先寫好「ビ」，接著在「ビ」的右下方以「ヤ」的筆順再寫下「ヤ」。

再練習一次吧

ビャ	ビャ	ビャ	ビャ	ビャ	ビャ	ビャ	ビャ
ビャ	ビャ	ビャ	ビャ	ビャ	ビャ	ビャ	ビャ

ア行
カ行
サ行
タ行
ナ行
ハ行
マ行
や行
ラ行
ワ行
ン

•213

跟日本老師這樣學50音

びゅ

〔byu〕

錯誤見解

びゅうけん

單字現學現賣

謬見 びゅうけん	び	ゅ	う	け	ん		⓪ 錯誤見解
びゅうでん	び	ゅ	う	で	ん		⓪ 誤傳
びゅうろん	び	ゅ	う	ろ	ん		⓪ 謬論

＊以「び」的筆順先寫好「び」，接著在「び」的右下方以「ゅ」的筆順再寫下「ゅ」。

再練習一次吧

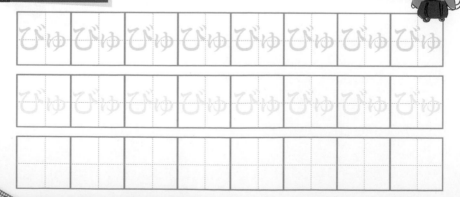

びゅ びゅ びゅ びゅ びゅ びゅ びゅ びゅ

びゅ びゅ びゅ びゅ びゅ びゅ びゅ びゅ

あ行
か行
さ行
た行
な行
は行
ま行
や行
ら行
わ行
ん

ビュ

〔byu〕

美麗

ビューティー

單字現學現賣

| ビュー | ビュー | | | | ① 觀察 |

| ビュスチエ | ビュ | ス | チ | エ | ⓪ 無肩帶胸罩 |

| ビューティー | ビュー | ティー | | | ① 美麗 |

＊以「ビ」的筆順先寫好「ビ」，接著在「ビ」的右下方以「ュ」的筆順再寫下「ュ」。

再練習一次吧

ビュ ビュ ビュ ビュ ビュ ビュ ビュ ビュ

ビュ ビュ ビュ ビュ ビュ ビュ ビュ ビュ

あ行
か行
さ行
た行
な行
は行
ま行
や行
ら行
わ行
ん

びょ

〔byo〕

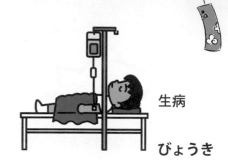

生病

びょうき

單字現學現賣

病院 びょういん | びょ　う　い　ん | ⓪ 醫院

病気 びょうき | びょ　う　き | ⓪ 生病

胃病 いびょう | い　びょ　う | ⓪ 胃病

＊以「び」的筆順先寫好「び」，接著在「び」的右下方以「よ」的筆順再寫下
「よ」。

再練習一次吧

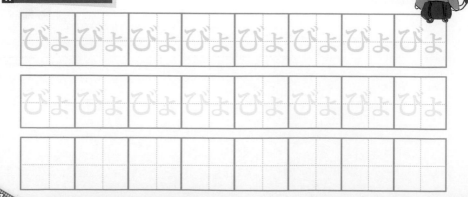

跟日本老師這樣學50音

ビョ

〔byo〕

碧玉

ビョーク

單字現學現賣

ビョーク

ビョ	ー	ク

0 Bjork 碧玉
（冰島搖滾天后）

ビョルンソン

ビョ	ル	ン	ソ	ン

0 比昂松
（挪威文學家）

*以「ビ」的筆順先寫好「ビ」，接著在「ビ」的右下方以「ョ」的筆順再寫下
「ョ」。

再練習一次吧

ビョ	ビョ	ビョ	ビョ	ビョ	ビョ	ビョ	ビョ
ビョ	ビョ	ビョ	ビョ	ビョ	ビョ	ビョ	ビョ

跟日本老師這樣學50音

〔pya〕

満是謊言

うそはっぴゃく

單字現學現賣

八百　　は っ ぴゃ く　　④ 八百

六百　　ろ っ ぴゃ く　　④ 六百

嘘八百　　う そ は っ ぴゃ く　　① 満是謊言

＊以「ぴ」的筆順先寫好「ぴ」，接著在「ぴ」的右下方以「や」的筆順再寫下
　「や」。

再練習一次吧

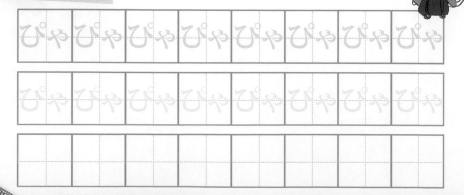

ぴゃ ぴゃ ぴゃ ぴゃ ぴゃ ぴゃ ぴゃ ぴゃ

ぴゃ ぴゃ ぴゃ ぴゃ ぴゃ ぴゃ ぴゃ ぴゃ

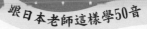
跟日本老師這樣學50音

ピャ

〔pya〕

Pianiga
（義大利地名）

ピャニーガ

單字現學現賣

ピャニーガ

ピ	ャ	ニ	ー	ガ

◎ Pianiga
（義大利地名）

ピャスト朝 （ちょう）

ピ	ャ	ス	ト	ちょ	う

④ 皮雅斯特王朝
(Piastów， 波蘭)

＊以「ピ」的筆順先寫好「ピ」，接著在「ピ」的右下方以「ャ」的筆順再寫下「ャ」。

再練習一次吧

ピャ	ピャ	ピャ	ピャ	ピャ	ピャ	ピャ	ピャ
ピャ	ピャ	ピャ	ピャ	ピャ	ピャ	ピャ	ピャ

ア行
カ行
サ行
タ行
ナ行
ハ行
マ行
や行
ラ行
ワ行
ン

ぴゅ

〔pyu〕

風吹聲

ぴゅう

單字現學現賣

ぴゅ	う		

ぴゅう　　　　　① 風吹聲

ぴゅ	う	ぴゅ	う

ぴゅうぴゅう　　① 強風吹的聲音

ぴゅ	う	ぴゅ	う

＊以「ぴ」的筆順先寫好「ぴ」，接著在「ぴ」的右下方以「ゆ」的筆順再寫下「ゆ」。

再練習一次吧

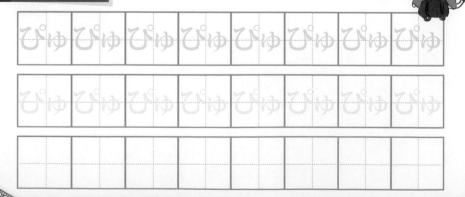

あ行　か行　さ行　た行　な行　は行　ま行　や行　ら行　わ行　ん

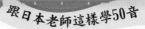
跟日本老師這樣學50音

ピュ

〔pyu〕

電腦

コンピューター

單字現學現賣

ピューマ	ピュ ー マ	① 美洲虎
ピューレ	ピュ ー レ	① 果菜泥
ピュア	ピュ ア	① 純粹的

＊以「ピ」的筆順先寫好「ピ」，接著在「ピ」的右下方以「ユ」的筆順再寫下「ユ」。

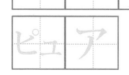
再練習一次吧

ピュ ピュ ピュ ピュ ピュ ピュ ピュ ピュ

ピュ ピュ ピュ ピュ ピュ ピュ ピュ ピュ

ぴょ

〔pyo〕

發表

はっぴょう

單字現學現賣

ぴょんと

ぴょ	ん	と

① 跳躍貌

発表 はっぴょう

は	っ	ぴょ	う

⓪ 發表

伝票 でんぴょう

で	ん	ぴょ	う

⓪ 傳票

＊以「ぴ」的筆順先寫好「ぴ」，接著在「ぴ」的右下方以「よ」的筆順再寫下「よ」。

再練習一次吧

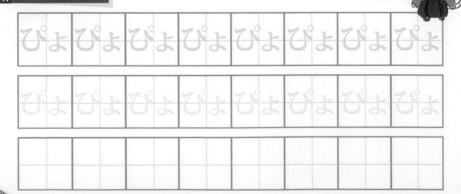

ぴょ	ぴょ	ぴょ	ぴょ	ぴょ	ぴょ	ぴょ	ぴょ

ぴょ	ぴょ	ぴょ	ぴょ	ぴょ	ぴょ	ぴょ	ぴょ

ピョ

[pyo]

平壤

ピョンヤン

單字現學現賣

ピョートル | ピョ | ー | ト | ル | ① 彼得大帝（俄國）

ピョンヤン | ピョ | ン | ヤ | ン | ⓪ 平壤（韓國）

ピョ | ン | ヤ | ン

＊以「ピ」的筆順先寫好「ピ」，接著在「ピ」的右下方以「ョ」的筆順再寫下「ョ」。

再練習一次吧

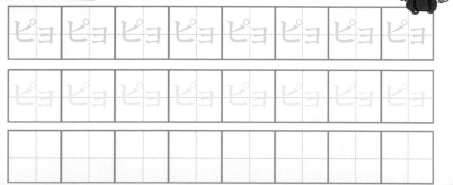

ピョ	ピョ	ピョ	ピョ	ピョ	ピョ	ピョ	ピョ
ピョ	ピョ	ピョ	ピョ	ピョ	ピョ	ピョ	ピョ

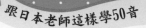
跟日本老師這樣學50音

特殊音

★在片假名當中，除了剛才學過的拗音之外，我們還會在一些外來語裡面看到像是「ウィ」、「ウェ」、「シェ」、「ジェ」、「ティ」、「ディ」、「チェ」、「ファ」、「フィ」、「フェ」、「フォ」等特殊音，這些音都是為了能更精準地拼出外國的語言發音而演變出來的，所以我們只會在外來語裡面看到囉！

ウィ
【wi】

ウ　ウィ　ウィ

＊ウィンドウ▶窗戶

ウェ
【we】

ウ　ウェ　ウェ

＊ウェルダン▶（指牛排的熟度）全熟

シェ
【she】

シ　シェ　シェ

＊シェフ▶主廚

ジェ
【je】

ジ　ジェ　ジェ

＊ジェットコースター▶雲霄飛車

ティ
【ti】

テ　ティ　ティ

＊ミルクティー▶奶茶

ディ
【di】

デ　ディ　ディ

＊ミディアム▶（指牛排的熟度）五分熟

チェ
【che】

チ　チェ　チェ

＊チェック▶支票

ファ 【fa】

＊ソファー▶沙發

フィ 【fi】

＊フィルム▶底片

フェ 【fe】

＊フェリー▶渡船

フォ 【fo】

＊フォーク▶叉子

MEMO

Unit 2
跟日本老師這樣學單字

單字篇

智子老師
有話說

跟日本老師這樣學單字

家庭成員

單字	讀法	羅馬拼音	中文意思
家族	かぞく	ka zo ku	家人
御家族	ごかぞく	go ka zo ku	（您的）家人
親戚	しんせき	shin se ki	親戚
御親戚	ごしんせき	go shin se ki	（您的）親戚
親類	しんるい	shin ru i	親戚
御親類	ごしんるい	go shin ru i	（您的）親戚
両親	りょうしん	ryo u shi n	雙親
ご両親	ごりょうしん	go ryo u shi n	（您的）雙親
兄弟	きょうだい	kyo u da i	兄弟姊妹
ご兄弟	ごきょうだい	go kyo u da i	（您的）兄弟姊妹
祖父	そふ	so fu	爺爺；外公
お祖父さん	おじいさん	o ji i sa n	（您的）爺爺；外公
お爺ちゃん	おじいちゃん	o ji i cha n	爺爺（在家稱呼）
祖母	そぼ	so bo	奶奶；外婆
お祖母さん	おばあさん	o ba a sa n	（您的）奶奶；外婆
お婆ちゃん	おばあちゃん	o ba cha n	奶奶（在家稱呼）
父	ちち	chi chi	父親
お父さん	おとうさん	o to u sa n	（您的）父親
母	はは	ha ha	母親
お母さん	おかあさん	o ka a sa n	（您的）母親
兄	あに	a ni	哥哥
お兄さん	おにいさん	o ni i sa n	（您的）哥哥
お兄ちゃん	おにいちゃん	o ni i cha n	哥哥（在家稱呼）
姉	あね	a ne	姐姐
お姉さん	おねえさん	o ne e sa n	（您的）姐姐
お姉ちゃん	おねえちゃん	o ne e cha n	姊姊（在家稱呼）

跟日本老師這樣學單字

弟	おとうと	o to u to	弟弟
弟さん	おとうとさん	o to u to sa n	（您的）弟弟
妹	いもうと	i mo u to	妹妹
妹さん	いもうとさん	i mo u to sa n	（您的）妹妹
息子	むすこ	mu su ko	兒子
息子さん	むすこさん	mu su ko sa n	（您的）兒子
娘	むすめ	mu su me	女兒
娘さん	むすめさん	mu su me sa n	（您的）女兒
お嬢さん	おじょうさん	o jyo u sa n	（您的）女兒
主人	しゅじん	shu ji n	先生
夫	おっと	o tto	先生
ご主人	ごしゅじん	go shu ji n	（您的）先生
家内	かない	ka na i	太太
妻	つま	tsu ma	太太
奥さん	おくさん	o ku sa n	（您的）太太
舅	しゅうと	shu u to	公公；岳父
ご舅	ごしゅうと	go shu u to	（您的）公公；岳父
姑	しゅうとめ	shu u to me	婆婆；岳母
ご姑	ごしゅうとめ	go shu u to me	（您的）婆婆；岳母
婿	むこ	mu ko	女婿
お婿さん	おむこさん	o mu ko sa n	（您的）女婿
嫁	よめ	yo me	媳婦
お嫁さん	およめさん	o yo me sa n	（您的）媳婦
孫	まご	ma go	孫子
お孫さん	おまごさん	o ma go sa n	（您的）孫子
叔父	おじ	o ji	伯父、叔叔、舅父、姑丈、姨丈
伯父さん	おじさん	o ji sa n	（您的）伯父；父母的哥哥
叔父さん	おじさん	o ji sa n	（您的）伯父；父母的弟弟
叔母	おば	o ba	伯母、嬸嬸、舅媽、姑姑、阿姨

家庭成員

身體部位

數字‧時間

位置‧場所

顏色‧蔬菜

飲料‧料理

家居生活

穿著打扮

化妝保養

休閒運動

交通‧住宿

職務‧文具

伯母さん	おばさん	o ba sa n	（您的）伯母；父母的姊姊
叔母さん	おばさん	o ba sa n	（您的）伯母；父母的妹妹
甥	おい	o i	姪兒；外甥
甥ごさん	おいごさん	o i go sa n	（您的）姪兒；外甥
姪	めい	me i	姪女；外甥女
姪御さん	めいごさん	me i go sa n	（您的）姪女；外甥女
	いとこ	i to ko	堂兄弟表姊妹
いとこの方	いとこのかた	i to ko no ka ta	（您的）堂兄弟；表姊妹
義理の〜	ぎりの〜	gi ri no	繼〜；乾〜無血緣關係結成家族的人
子ども	こども	ko do mo	小孩
お子さん	おこさん	o ko sa n	（您的）小孩
男の子	おとこのこ	o to ko no ko	男孩子
女の子	おんなのこ	o n na no ko	女孩子
末っ子	すえっこ	su e kko	老么；么子

智子老師有話說

「真正的朋友」

日本人設計房子的考量是很多元的，特別是榻榻米為主的那種房子。例如在同一個空間裡，白天放上座墊（座布団）就變成了客廳，到了要睡覺的時候，把座墊收起來，改鋪上棉被（布団），就又變成了臥室。像這樣一個私人的空間，再加上對房子狹小的自卑感，因此日本人基本上不太隨便請人到家裡玩。所以，如果哪天你被誠心誠意地邀請到日本人的家裡玩時，那就表示你是他真正的朋友（本当のお友達）了喔。

跟日本老師這樣學單字

身體部位

單字	讀法	羅馬拼音	中文意思
頭	あたま	a ta ma	頭
髮の毛	かみのけ	ka mi no ke	頭髮
頰	ほお	ho o	臉頰
目	め	me	眼睛
耳	みみ	mi mi	耳朵
鼻	はな	ha na	鼻子
口	くち	ku chi	嘴巴
齒	は	ha	牙齒
舌	した	shi ta	舌頭
喉	のど	no do	喉嚨
首	くび	ku bi	脖子
肩	かた	ka ta	肩膀
肘	ひじ	hi ji	肘
手	て	te	手
指	ゆび	yu bi	手指
爪	つめ	tsu me	指甲
脇	わき	wa ki	腋下
胸	むね	mu ne	胸
腰	こし	ko shi	腰
お腹	おなか	o na ka	肚子
お尻	おしり	o shi ri	臀部
太もも	ふともも	fu to mo mo	大腿
膝	ひざ	hi za	膝蓋
足	あし	a shi	腳

右側導覽標籤：家庭成員／身體部位／數字‧時間／位置‧場所／顏色‧蔬菜／飲料‧料理／家居生活／穿著打扮／化妝保養／休閒運動／交通‧住宿／職務‧文具

智子老師有話說

「探病的鮮花」

醫院雖然是營利機構，但是護士（看護婦）絕對不會對你說歡迎光臨（いらっしゃいませ），而且看完醫生要回去的時候，也不會有人跟你說歡迎再來（またお越し下さい），一般會說請保重（お大事に）。要注意的是，去醫院探病（見舞いをする）時，如果想帶鮮花去，記得要選擇沒有根的，才能祝福病人早日康復出院（退院する）喔。

跟日本老師這樣學單字

數字‧時間

*10以內的數字讀法如下

單字	讀法	羅馬拼音	中文意思
1	いち	i chi	1
2	に	ni	2
3	さん	sa n	3
4	し（よん）	shi (yo n)	4
5	ご	go	5
6	ろく	ro ku	6
7	しち（なな）	shi chi (na na)	7
8	はち	ha chi	8
9	く（きゅう）	ku (kyu u)	9
10	じゅう	ju u	10

*讀的時候，個十百千萬的位數，從大往小讀，萬以上要加1

	千位	百位	十位	個位
198		ひゃく	きゅうじゅう	はち
425		よん ひゃく	に じゅう	ご
7163	なな せん	ひゃく	ろく じゅう	さん

單字	讀法	羅馬拼音	中文意思
春	はる	ha ru	春天
夏	なつ	na tsu	夏天
秋	あき	a ki	秋天
冬	ふゆ	fu yu	冬天
月曜日	げつようび	ge tsu yo u bi	星期一
火曜日	かようび	ka yo u bi	星期二
水曜日	すいようび	su i yo u bi	星期三
木曜日	もくようび	mo ku yo u bi	星期四
金曜日	きんようび	ki n yo u bi	星期五
土曜日	どようび	do yo u bi	星期六
日曜日	にちようび	ni chi yo u bi	星期日
1月	いちがつ	i chi ga tsu	1月
2月	にがつ	ni ga tsu	2月

家庭成員

身體部位

數字‧時間

位置‧場所

顏色‧蔬菜

飲料‧料理

家居生活

穿著打扮

化妝保養

休閒運動

交通‧住宿

職務‧文具

3月	さんがつ	sa n ga tsu	3月
4月	しがつ	shi ga tsu	4月
5月	ごがつ	go ga tsu	5月
6月	ろくがつ	ro ku ga tsu	6月
7月	しちがつ	shi chi ga tsu	7月
8月	はちがつ	ha chi ga tsu	8月
9月	くがつ	ku ga tsu	9月
10月	じゅうがつ	ju u ga tsu	10月
11月	じゅいちがつ	ju i chi ga tsu	11月
12月	じゅうにがつ	ju u ni ga tsu	12月
1日	ついたち	tsu i ta chi	1日
2日	ふつか	fu tsu ka	2日
3日	みっか	mi kka	3日
4日	よっか	yo kka	4日
5日	いつか	i tsu ka	5日
6日	むいか	mu i ka	6日
7日	なのか	na no ka	7日
8日	ようか	yo u ka	8日
9日	ここのか	ko ko no ka	9日
10日	とおか	to o ka	10日
11日	じゅういちにち	ju u i chi ni chi	11日
12日	じゅうににち	ju u ni ni chi	12日
13日	じゅうさんにち	ju u sa n ni chi	13日
14日	じゅうよっか	ju u yo kka	14日
15日	じゅうごにち	ju u go ni chi	15日
16日	じゅうろくにち	ju u ro ku ni chi	16日
17日	じゅうしちにち	ju u shi chi ni chi	17日
18日	じゅうはちにち	ju u ha chi ni chi	18日
19日	じゅうくにち	ju u ku ni chi	19日
20日	はつか	ha tsu ka	20日
一昨年	おととし	o to to shi	前年
去年	きょねん	kyo ne n	去年
今年	ことし	ko to shi	今年
来年	らいねん	ra i ne n	明年
再来年	さらいねん	sa ra i ne n	後年
先先月	せんせんげつ	se n se n ge tsu	上上個月

家庭成員
身體部位
數字·時間
位置·場所
顏色·蔬菜
飲料·料理
家居生活
穿著打扮
化妝保養
休閒運動
交通·住宿
職務·文具

先月	せんげつ	se n ge tsu	上個月
今月	こんげつ	ko n ge tsu	這個月
来月	らいげつ	ra i ge tsu	下個月
再来月	さらいげつ	sa ra i ge tsu	下下個月
先先週	せんせんしゅう	se n se n shu u	上上禮拜
先週	せんしゅう	se n shu u	上禮拜
今週	こんしゅう	ko n shu u	這禮拜
来週	らいしゅう	ra i shu u	下禮拜
再来週	さらいしゅう	sa ra i shu u	下下禮拜
一昨日	おととい	o to to i	前天
昨日	きのう	ki no u	昨天
今日	きょう	kyo u	今天
明日	あした	a shi ta	明天
明後日	あさって	a sa tte	後天

智子老師有話說

「不會遲到的電車」

日本電車的時刻表之準確程度，大概在世界上能排得上前幾名吧。如果沒有突發的交通事故（事故）的話，那麼每一班車都會照著時刻表（時間通りに）抵達。也就是說，不管你那天怎麼賴床（朝寝坊），只要能趕上在約定時間前能抵達的那一班電車，就包準你不會遲到。

跟日本老師這樣學單字

位置・場所

單字	讀法	羅馬拼音	中文意思
上	うえ	u e	上
下	した	shi ta	下
左	ひだり	hi da ri	左
右	みぎ	mi gi	右
前	まえ	ma e	前
後	うしろ	u shi ro	後
內	うち	u chi	內
外	そと	so to	外
中	なか	na ka	中
側	そば	so ba	旁邊
車	くるま	ku ru ma	汽車
自転車	じてんしゃ	ji te n sha	自行車
	バス	ba su	巴士
飛行機	ひこうき	hi ko u ki	飛機
地下鉄	ちかてつ	chi ka te tsu	地鐵
船	ふね	fu ne	船
電車	でんしゃ	de n sha	電車
新幹線	しんかんせん	shi n ka n se n	新幹線
汽車	きしゃ	ki sha	火車
銀行	ぎんこう	gin ko u	銀行
保育所	ほいくしょ	ho i ku sho	托兒所
	コンサートホール	kon sa a to ho o ru	音樂廳
	ガソリンスタンド	ga so rin su tan do	加油站
病院	びょういん	byo u i n	醫院
	ホテル	ho te ru	旅館
図書館	としょかん	to sho ka n	圖書館
映畫館	えいがかん	e i ga ka n	電影院
美術館	びじゅつかん	bi ju tsu ka n	美術館
公園	こうえん	ko u e n	公園
郵便局	ゆうびんきょく	yu u bi n kyo ku	郵局
地下鉄の駅	ちかてつのえき	chi ka te tsu no e ki	地鐵站
學校	がっこう	ga kko u	學校
植物園	しょくぶつえん	sho ku bu tsu e n	植物園

家庭成員

身體部位

數字・時間

位置・場所

顏色・蔬菜

飲料・料理

家居生活

穿著打扮

化妝保養

休閒運動

交通・住宿

職務・文具

跟日本老師這樣學單字

劇場	げきじょう	ge ki jo u	劇場
動物園	どうぶつえん	do u bu tsu e n	動物園
博物館	はくぶつかん	ha ku bu tsu ka n	博物館
市役所	しやくしょ	shi ya ku sho	市政所
警察署	けいさつしょ	ke i sa tsu sho	警察局
八百屋	やおや	ya o ya	蔬菜店
肉屋	にくや	ni ku ya	肉店
パン屋	ぱんや	pa n ya	麵包店
薬屋	くすりや	ku su ri ya	藥局
クリーニング屋	クリーニングや	ku ri i ni n gu ya	洗衣店
	デパート	de pa a to	百貨公司
	コンビニ	ko n bi ni	超商
消防署	しょうぼうしょ	sho u bo u sho	消防局
空港	くうこう	ku u ko u	機場
	スーパー	su u pa a	超市

 智子老師有話說

「開車的耐性」

在日本，早上尖峰時刻的十字路口，如果有人開慢了，最多只會出現一聲提醒用的、或是一聲表示抱怨的喇叭聲。就算行人闖紅燈，汽車駕駛也一定會等所有的人通過之後才前進。在路上開車，比的是誰最有耐性（にんたい）（忍耐），而不是快、狠、準。他們開車的悠哉（のんびり），對比臺灣的急躁（せっかち），還是在安全的環境之下比較不會造成大家的壓力呢。

顔色・蔬菜

單字	讀法	羅馬拼音	中文意思
緑	みどり	mi do ri	綠色
松葉	まつば	ma tsu ba	深綠色
青色	あおいろ	a o i ro	藍色
水色	みずいろ	mi zu i ro	淡藍色
黄色	きいろ	ki i ro	黃色
オレンジ色	オレンジいろ	o ren ji i ro	橘色
赤色	あかいろ	a ka i ro	紅色
桜色	さくらいろ	sa ku ra i ro	粉紅色
紫色	むらさきいろ	mu ra sa ki i ro	紫色
黒	くろ	ku ro	黑色
コーヒー色	コーヒーいろ	ko o hi i i ro	咖啡色
栗色	くりいろ	ku ri i ro	栗色
レモン色	レモンいろ	re mo n i ro	檸檬色
灰色	はいいろ	ha i i ro	灰色
銀色	ぎんいろ	gi n i ro	銀色
銀灰色	ぎんはいいろ	gi n ha i i ro	銀灰色
白	しろ	shi ro	白色
野菜	やさい	ya sa i	蔬菜
白菜	はくさい	ha ku sa i	白菜
ほうれん草	ほうれんそう	ho u re n so u	菠菜
	キャベツ	kya be tsu	高麗菜
芹	せり	se ri	芹菜
韮	にら	ni ra	韮菜
	もやし	mo ya shi	豆芽
	レタス	re ta su	萵苣（美生菜）
	トマト	to ma to	蕃茄
茄子	なす	na su	茄子
大根	だいこん	da i ko n	白蘿蔔
人参	にんじん	ni n ji n	紅蘿蔔
南瓜	カボチャ	ka bo cha	南瓜
	きゅうり	kyu u ri	小黃瓜
糸瓜	へちま	he chi ma	絲瓜
唐辛子	とうがらし	to u ga ra shi	辣椒

家庭成員
身體部位
數字・時間
位置・場所
顔色・蔬菜
飲料・料理
家居生活
穿著打扮
化妝保養
休閒運動
交通・住宿
職務・文具

	ピーマン	pi i man	青椒
じゃが芋	じゃがいも	ja ga i mo	馬鈴薯
薩摩芋	さつまいも	sa tsu ma i mo	地瓜
葱	ねぎ	ne gi	蔥
大蒜	にんにく	nin ni ku	大蒜
	パセリ	pa se ri	荷蘭芹

智子老師有話說

「關門前的美食街」

日本的百貨公司關門時間很早，跟台灣不一樣，大約都在七點到七點半之間關門。而這段時間通常也是大家吃晚飯的時間，因此很多人會趁著最後半小時，趕到地下樓的超市美食街來「搶」關門前的打折食品。無論是便當、壽司或是沙拉小菜，幾乎都只算半價喔！其中最受歡迎的，當然是各種現成的菜色，像是糖醋排骨（酢豚）、義大利麵（パスタ）、炸豬排（豚カツ）、馬鈴薯燉肉（肉じゃが）、烤魚（焼き魚）等這些比較花時間烹煮的菜色，很多媽媽就直接買回家當配菜了。還有，超市在傍晚打折的特價商品，當然也是許多留學生的搶手貨呢。

跟日本老師這樣學單字

飲料・料理

單字	讀法	羅馬拼音	中文意思
お茶	おちゃ	o cha	茶
緑茶	りょくちゃ	ryo ku cha	綠茶
ジャスミン茶	ジャスミンちゃ	ja su min cha	茉莉花茶
ウーロン茶	ウーロンちゃ	u u ron cha	烏龍茶
紅茶	こうちゃ	ko o cha	紅茶
牛乳	ぎゅうにゅう	gyu u nyu u	牛奶
お水	おみず	o mi zu	水
氷	こおり	ko o ri	冰
	コーヒー	ko o hi i	咖啡
	アイスコーヒー	a i su ko o hi i	冰咖啡
	アイスティー	a i su ti i	冰紅茶
	シロップ	shi ro ppu	糖漿
	ミルク	mi ru ku	奶精
	カプチーノ	ka pu chi i no	卡布奇諾
	ヨーグルト	yo o gu ru to	優酪乳
	コーラ	ko o ra	可樂
	ジュース	ju u su	果汁
	ミネラル	mi ne ra ru	礦泉水
	ウォーター	wo o ta a	
焼酎	しょうちゅう	sho u chu u	蒸餾酒
	ビール	bi i ru	啤酒
	ビアガーデン	bi a ga a de n	啤酒屋
	キャンペーン	kya n pe e n	促銷小姐
	ガール	ga a ru	
生ビール	なまビール	na ma bi i ru	生啤酒
黒ビール	くろビール	ku ro bi i ru	黑啤酒
	ワイン	wa i n	葡萄酒
	シャンパン	sha n pa n	香檳
	ウィスキー	u i su ki i	威士忌
	ブランデー	bu ra n de e	白蘭地
	カクテル	ka ku te ru	雞尾酒
	さけ	sa ke	清酒

家庭成員

身體部位

數字・時間

位置・場所

顏色・蔬菜

飲料・料理

家居生活

穿著打扮

化妝保養

休閒運動

交通・住宿

職務・文具

	バー	ba a	酒吧
	バーテンダー	ba a te n da a	酒保
	サワー	sa wa a	沙瓦
居酒屋	いざかや	i za ka ya	居酒屋
飲み放題	のみほうだい	no mi ho u da i	喝到飽
酔っ払い	よっぱらい	yo ppa ra i	醉酒
	メニュー	me nyu u	菜單
前菜	ぜんさい	zen sa i	前菜
	メインディッシュ	me in di sshu	主菜
	サイドディッシュ	sa i do di sshu	副菜
飲み物	のみもの	no mi mo no	飲料
	おつまみ	o tsu ma mi	下酒菜
お子様ランチ	おこさまランチ	o ko sa ma ran chi	兒童餐
	ランチセット	ran chi se tto	商業午餐
日替わりランチ	ひがわりランチ	hi ga wa ri ran chi	今日特餐
	おすすめ	o su su me	推薦菜
呼び出しベル	よびだしベル	yo bi da shi be ru	呼叫鈴
	おでんや	o de n ya	關東煮店
屋台	やたい	ya ta i	路邊攤
注文	ちゅうもん	chu u mo n	點菜
追加	ついか	tsu i ka	加點
取替え	とりかえ	to ri ka e	替換（餐具等）
苦情	くじょう	ku jyo u	抱怨
割り箸	わりばし	wa ri ba shi	衛生筷
	ティッシュ	ti sshu	衛生紙
取り皿	とりざら	to ri za ra	分食用的小盤子
定食	ていしょく	te i sho ku	套餐
ご飯	ごはん	go ha n	飯
お米	おこめ	o ko me	米
炊き込みご飯	たきこみごはん	ta ki ko mi go ha n	什錦飯
すし飯	すしめし	su shi me shi	壽司醋飯
混ぜご飯	まぜごはん	ma ze go ha n	伴飯
味噌汁	みそしる	mi so shi ru	味噌湯
鰹節	かしおぶし	ka shi o bu shi	柴魚片
お吸い物	おすいもの	o su i mo no	清湯
豚汁	ぶたじる	bu ta ji ru	豬肉味噌湯

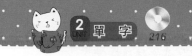

冷奴	ひややっこ	hi ya ya kko	涼拌豆腐
酢の物	すのもの	su no mo no	醋醃小菜
和え物	あえもの	a e mo no	涼拌小菜
	おひたし	o hi ta shi	高湯燙青菜
煮物	にもの	ni mo no	滷味
肉じゃが	にくじゃが	ni ku jya ga	馬鈴薯燉肉
生姜焼き	しょうがやき	sho u ga ya ki	薑汁豬肉
蛤の酒蒸し	はまぐりの さかむし	ha ma gu ri no sa ka mu shi	酒蒸蛤蜊
天丼	てんどん	ten do n	炸蝦蓋飯
カツ丼	かつどん	ka tsu do n	豬排蓋飯
牛丼	ぎゅうどん	gyu u do n	牛肉蓋飯
海鮮丼	かいせんどん	ka i sen do n	海鮮蓋飯
親子丼	おやこどん	o ya ko do n	雞肉蛋蓋飯
付け汁	つけじる	tsu ke ji ru	沾麵汁
薬味	やくみ	ya ku mi	蔥花、辣椒、 芥末等調味料
月見うどん	つきみうどん	tsu ki mi u do n	生蛋烏龍麵
溶き卵	ときたまご	to ki ta ma go	蛋汁
	ざるそば	za ru so ba	冷蕎麥麵
	チャーハン	cha a ha n	炒飯
	チャーシュー	cha a shu u	叉燒肉
塩ラーメン	しおラーメン	shi o ra a me n	鹽味高湯拉麵
醤油ラーメン	しょうゆラーメン	sho u yu ra a me n	醬油拉麵
味噌ラーメン	みそラーメン	mi so ra a me n	味噌拉麵
豚骨ラーメン	とんこつラーメン	ton ko tsu ra a me n	豚骨高湯拉麵
	ギョーザ	gyo o za	餃子
焼きギョーザ	やきギョーザ	ya ki gyo o za	煎餃
水ギョーザ	すいギョーザ	su i gyo o za	水餃
蒸しギョーザ	むしギョーザ	mu shi gyo o za	蒸餃
	たれ	ta re	沾醬
	チンジャオロース	chin jya o ro o su	京醬肉絲
	ワンタンスープ	wan tan su u pu	餛飩湯
マーボー豆腐	マーボーどうふ	ma a bo o do u fu	麻婆豆腐
鶏がらスープ	とりがらスープ	to ri ga ra su u pu	雞湯

家庭成員

身體部位

數字‧時間

位置‧場所

顏色‧蔬菜

飲料‧料理

家居生活

穿著打扮

化妝保養

休閒運動

交通‧住宿

職務‧文具

跟日本老師這樣學單字

卵スープ	たまごスープ	ta ma go su u pu	蛋花湯
	シューマイ	syu u ma i	燒賣
飲茶	やむちゃ	ya mu cha	港式飲茶
	マンゴープリン	man go o pu rin	芒果布丁
杏仁豆腐	あんにんどうふ	a n ni n dou fu	杏仁豆腐
	ファーストフード	faa su to fu u do	速食
	ハンバーガー	ha n ba a ga a	漢堡
	ダブルバーガー	da bu ru ba a ga a	雙層漢堡
	フィッシュ バーガー	fi sshu ba a ga a	魚肉漢堡
	チキンバーガー	chi kin ba a ga a	雞肉漢堡
	ライスバーガー	ra i su ba a ga a	米漢堡
	フライドポテト	fu ra i do po te to	薯條
皮付き	かわつき	ka wa tsu ki	帶皮的
塩味	しおあじ	shi o a ji	鹽味
のり味	のりあじ	no ri a ji	海苔味
揚げ立て	あげたて	a ge ta te	剛炸好的
	チリソース	chi ri so o su	辣味醬
	ハニーマスタード ソース	ha ni i ma su ta a do so o su	蜂蜜芥末醬
	サルサソース	sa ru sa so o su	義式蕃茄辣醬
	タルタルソース	ta ru ta ru so o su	塔塔醬
	バーベキュー ソース	ba a be kyu u so o su	烤肉醬
	ソフトクリーム	so fu to ku ri i mu	霜淇淋
	アップルパイ	a ppu ru pa i	蘋果派
	エッグタルト	e ggu ta ru to	蛋塔
	スイートポテト パイ	su i i to po te to pa i	地瓜派
	チキンナゲット	chi kin na ge tto	炸雞塊
	マクドナルド	ma ku do na ru do	麥當勞
	ケンタッキー	ken ta kki i	肯德基
	モスバーガー	mo su ba a ga a	摩斯漢堡
	ウェンディーズ	uen di i zu	溫蒂漢堡
	カルビ	ka ru bi	五花肉

焼肉	やきにく	ya ki ni ku	燒肉
	ロース	ro o su	里肌肉
	タン	ta n	豬舌、牛舌
塩焼き	しおやき	shi o ya ki	鹽味燒肉
	ホルモン	ho ru mo n	牛小腸
手羽焼き	てばやき	te ba ya ki	烤雞翅
	チヂミ	chi ji mi	韓式煎餅
海鮮チヂミ	かいせんチヂミ	ka i sen chi ji mi	海鮮煎餅
	キムチ	ki mu chi	泡菜
	スパゲッティ	su pa ge tti	義大利麵
	ペンネ	pe n ne	筆管麵
	クリームソース	ku ri i mu so o su	白醬（奶油）
	アンチョビー ソース	an cho bi i so o su	鯷魚醬
	バジルソース	ba ji ru so o su	青醬（羅勒）
	ミートソース	mi i to so o su	肉醬

智子老師有話說

「小酌的法則」

說到日本酒，最讓人有印象的就是<u>熱清酒</u>（熱燗）了，小的<u>酒壺</u>（德
利）可以裝150c.c.（一合），大的就是雙倍的量了。但是跟日本人喝酒
時，要記得喔，可別一開始就急著點清酒喔！你可以先來一杯冰涼的啤
酒，配點<u>下酒菜</u>（おつまみ），等大家興致到了，炒熱氣氛了，再點些
濃度比較高的清酒或是其他酒，就可以你來我往的喝一杯，進入今晚的
重點話題囉！

家庭成員

身體部位

數字‧時間

位置‧場所

顏色‧蔬菜

飲料‧料理

家居生活

穿著打扮

化妝保養

休閒運動

交通‧住宿

職務‧文具

家居生活

單字	讀法	羅馬拼音	中文意思
	マンション	ma n sho n	高級公寓
	アパート	a pa a to	公寓
	リビング	ri bin gu	客廳
	トイレ	to i re	廁所
	ベッドルーム	be ddo ru u mu	主臥室
物置	ものおき	mo no o ki	儲藏室
玄関	げんかん	ge n ka n	玄關
廊下	ろうか	ro u ka	走廊
浴室	よくしつ	yo ku shi tsu	洗澡間
台所	だいどころ	da i do ko ro	廚房
寝室	しんしつ	shi n shi tsu	臥室
和室	わしつ	wa shi tsu	和室
庭	にわ	ni wa	院子
	ベランダ	be ran da	陽台
	ガレージ	ga re e ji	車庫
	ドア	do a	門
	カーテン	ka a te n	窗簾
	ソファー	so fa a	沙發
	テーブル	te e bu ru	桌子
	リモコン	ri mo ko n	遙控器
	ビデオ	bi de o	錄影機
窓	まど	ma do	窗戶
絨毯	じゅうたん	ju u ta n	地毯
電話	でんわ	de n wa	電話
ゴミ箱	ゴミばこ	go mi ba ko	垃圾桶
本棚	ほんだな	ho n da na	書架
まな板	まないた	ma na i ta	砧板
包丁	ほうちょう	ho u cho u	菜刀
台所用洗剤	だいどころよう せんざい	da i do ko ro yo u sen za i	廚房用清潔劑
布巾	ふきん	fu ki n	抹布
流し	ながし	na ga shi	流理台
蛇口	じゃぐち	ja gu chi	水龍頭

鍋	なべ	na be	鍋子
電子レンジ	でんしレンジ	de n shi re n ji	微波爐
食器棚	しょっきだな	sho kki da na	餐具櫃，碗櫥
冷蔵庫	れいぞうこ	re i zo u ko	冰箱
鏡	かがみ	ka ga mi	鏡子
歯ブラシ	はぶらし	ha bu ra shi	牙刷
	ドライヤー	do ra i ya a	吹風機
	タオル	ta o ru	毛巾
	シャワー	sha wa a	淋浴
	バスタブ	ba su ta bu	浴缸
	シャンプ	sha n pu	洗髮精
洗濯機	せんたくき	se n ta ku ki	洗衣機
便器	べんき	be n ki	馬桶
	トイレット	to i re tto	衛生紙
	ペーパー	pe e pa a	
	ベッド	be ddo	床
	シーツ	shi i tsu	床單
枕	まくら	ma ku ra	枕頭
掛け布団	かけぶとん	ka ke bu ton	被子
目覚まし時計	めざましどけい	me za ma shi do ke i	鬧鐘
	クローゼット	ku ro o ze tto	衣櫃
押し入れ	おしいれ	o shi i re	壁櫥
襖	ふすま	fu su ma	拉門
座布団	ざぶとん	za bu to n	座墊
畳	たたみ	ta ta mi	草墊，草席

智子老師有話說

「房子格局的符號」

說明房子格局的時候，最常使用的符號有LD「客廳加飯廳」（リビングとダイニング）、K「廚房」（キッチン）、UB「衛浴組」（ユニットバス）。例如，2K是表示家裡有兩個房間加一個廚房，2LDK則表示有兩個房間，加上一個客廳兼飯廳，再加上一個廚房。另外，衛浴設備齊全還附有小廚房的是單身套房（ワンルーム），要在日本租房子的同學們要記得喔。

側欄：家庭成員　身體部位　數字・時間　位置・場所　顏色・蔬菜　飲料・料理　家居生活　穿著打扮　化妝保養　休閒運動　交通・住宿　職務・文具

穿著打扮

單字	讀法	羅馬拼音	中文意思
著物	きもの	ki mo no	和服
洋服	ようふく	yo u fu ku	西式服裝
	ドレス	do re su	禮服（女性）
	ワンピース	wa n pi i su	連身裙
	ユニホーム	yu ni ho o mu	制服
	レーンコート	re e n ko o to	雨衣
	カーディガン	ka a di ga n	（對襟）毛衣
軍服	ぐんぷく	gu n pu ku	軍裝
寝巻	ねまき	ne ma ki	睡衣
水著	みずぎ	mi zu gi	泳衣
	ニット	ni tto	針織衫
	Vネック	V ne kku	V 字領
	ラウンドネック	ra un do ne kku	圓領
	ボートネック	bo o to ne kku	一字領
	パブスリーブ	pa bu su ri i bu	公主袖
七分スリーブ	しちぶスリーブ	shi chi bu su rii bu	七分袖
	キャミソール	kya mi so o ru	細肩帶
	カーディガン	ka a di ga n	小外套
	フリルスリーブ	fu ri ru su ri i bu	荷葉邊袖
	シフォンスカート	shi fon su ka a to	雪紡紗
	シャツワンピ	sha tsu wa n pi	襯衫式連身洋裝
	ローウエスト	ro o wu e su to	低腰
	ハイウエスト	ha i wu e su to	高腰
七分パンツ	しちぶパンツ	shi chi bu pan tsu	七分褲
	ハーフパンツ	ha a fu pan tsu	五分褲
	プリーツスカート	pu ri i tsu su ka a to	百褶裙
	ブラジャー	bu ra jya a	胸罩
	カップ	ka ppu	罩杯
	インチ	in chi	英吋
	ショーツ	sho o tsu	女性用三角內褲
	Ｔバック	T ba kku	丁字褲
	スカート	su ka a to	裙子

跟日本老師這樣學單字

	ミニスカート	mi ni su ka a to	迷你裙
	カットソー	ka tto so o	針織衫
	Ｔシャツ	T sha tsu	T恤
	ブラウス	bu ra u su	女用襯衫
長袖	ながそで	na ga so de	長袖
半袖	はんそで	han so de	短袖
	トップス	to ppu su	運動背心
帯	おび	o bi	和服腰帶
浴衣	ゆかた	yu ka ta	浴衣
下駄	げた	ge ta	木屐
簪	かんざし	kan za shi	髮簪
	ジャケット	jya ke tto	夾克
	コート	ko o to	外套
皮コート	かわコート	ka wa ko o to	皮衣
	デニム	de ni mu	牛仔布、單寧布
	スーツ	su u tsu	西裝
	タキシード	ta ki shi i do	燕尾服
	ベスト	be su to	背心
	ボタン	bo ta n	鈕釦
	ポケット	po ke tto	口袋
	ワイシャツ	wa i sha tsu	白襯衫
	ネクタイ	ne ku ta i	領帶
蝶ネクタイ	ちょうネクタイ	cho u ne ku ta i	領結
襟	えり	e ri	衣領
袖口	そでぐち	so de gu chi	袖口
	パンツ	pa n tsu	褲子
裾	すそ	su so	褲管
短パン	たんパン	ta n pa n	短褲
	トランクス	to ran ku su	四角內褲
	ジーンズ	ji i n zu	牛仔褲
	ブーツカット	bu u tsu ka tto	小喇叭
	ストレート	su to re e to	直筒
	スリム	su ri mu	緊身
	ストレッチ	su to re cchi	彈性
靴下	くつした	ku tsu shi ta	襪子
革靴	かわぐつ	ka wa gu tsu	皮鞋

家庭成員

身體部位

數字・時間

位置・場所

顏色・蔬菜

飲料・料理

家居生活

穿著打扮

化妝保養

休閒運動

交通・住宿

職務・文具

	スニーカー	su ni i ka a	球鞋
	ブーツ	bu u tsu	靴子
	ベルト	be ru to	腰帶
万年筆	まんねんひつ	ma n ne n hi tsu	鋼筆
老眼鏡	ろうがんきょう	ro u ga n kyo u	老花眼鏡
腕時計	うでどけい	u de do ke i	手錶
レース付き	レースつき	re e su tsu ki	有蕾絲的
	キャップ	kya ppu	帽子
	ハンチング	ha n chi n gu	鴨舌帽
	ストローハット	su to ro o ha tto	草編帽

智子老師有話說

「夏天的浴衣」

在以前，浴衣（浴衣）是一種穿在和服裡面的內衣，也像字面上的意思，是出浴時（湯上り）穿來吸汗的衣服。到了現在，每當夏天有祭典（お祭り）或是煙火大會（花火大会）的時候，年輕女孩和情侶們也會相約穿著浴衣一起出遊，就像大家常看到的漫畫或日劇場景一樣。伴隨著清涼的夏日晚風，也是增進彼此感情的絕佳機會呢！但是要注意的是，因為浴衣也有內衣的性質，所以除了在溫泉區的旅館街之外，一般飯店裡所準備的浴衣，基本上是不穿出房間以外的喔。

家庭成員

身體部位

數字·時間

位置·場所

顏色·蔬菜

飲料·料理

家居生活

穿著打扮

化妝保養

休閒運動

交通·住宿

職務·文具

化妝保養

單字	讀法	羅馬拼音	中文意思
一重まぶた	ひとえまぶた	hi to e ma bu ta	單眼皮
二重まぶた	ふたえまぶた	fu ta e ma bu ta	雙眼皮
奥二重	おくふたえ	o ku fu ta e	內雙
	アクネ	a ku ne	粉刺
	スポット	su po tto	斑點
	ニキビ	ni ki bi	痘痘
	そばかす	so ba ka su	雀斑
	しわ	shi wa	皺紋
小じわ	こじわ	ko ji wa	細紋
古い角質	ふるいかくしつ	fu ru i ka ku shi tsu	角質老皮
混合肌	こんわはだ	kon wa ha da	混合性肌膚
ドライ肌	ドライはだ	do ra i ha da	乾性肌膚
オイリー肌	オイリーはだ	o i ri i ha da	油性肌膚
敏感肌	びんかんはだ	bin kan ha da	敏感性肌膚
肌荒れ	はだあれ	ha da a re	皮膚粗糙
	スベすべ	su be su be	光滑
	ツルツル	tsu ru tsu ru	光滑
	みずみずしい	mi zu mi zu shi i	水嫩
フルーツ酸	フルーツさん	fu ru u tsu sa n	果酸
	オイルフリー	o i ru fu ri i	無油脂
	くすみ	ku su mi	暗沉
黒ずみ	くろずみ	ku ro zu mi	暗沉物
	カサカサ	ka sa ka sa	乾燥
	クマ	ku ma	黑眼圈
小鼻	こばな	ko ba na	鼻翼
毛穴	けあな	ke a na	毛孔
化粧品	けしょうひん	ke sho u hi n	化粧品
化粧下地	けしょうしたじ	ke sho u shi ta ji	底妝
	ノーメーク	no o me e ku	裸妝
素肌	すはだ	su ha da	素肌
	パック	pa kku	面膜
化粧水	けしょうすい	ke sho u su i	化妝水
	ローション	ro o shon	化妝水

跟日本老師這樣學單字

乳液	にゅうえき	nyu u e ki	乳液
日焼け止め	ひやけどめ	hi ya ke do me	防曬乳
油取り紙	あぶらとりがみ	a bu ra to ri ga mi	吸油面紙
	アイラッシュ カーラー	a i ra sshu ka a ra a	睫毛夾
	アイシャドー	a i sha do o	眼影
	リキッド アイライナー	ri ki ddo a i ra i na a	眼線液
	アイライナー ペンシル	a i ra i na a pen shi ru	眼線筆
	マスカラ	ma su ka ra	睫毛膏
	ボリューム マスカラ	bo ryu u mu ma su ka ra	濃密型睫毛膏
	ロングマスカラ	ron gu ma su ka ra	纖長型睫毛膏
	ウォーター プルーフマスカラ	wo o ta a pu ru u fu ma su ka ra	防水型睫毛膏
持続性マスカラ	じぞくせい マスカラ	ji zo ku sei ma su ka ra	持久型睫毛膏
	マスカラ ブラッシュ	ma su ka ra bu ra sshu	睫毛刷
	つけまつげ	tsu ke ma tsu ge	假睫毛
	アイクリーム	a i ku ri i mu	眼霜
	アイジェル	a i jye ru	眼部凝膠
	アイモイスチャー	a i mo i su cha a	保濕眼霜
	アイセラム	a i se ra mu	眼部精華液
	ブラッシュ アンドコーム	bu ra sshu an do ko o mu	眉梳
	アイブロウ ツィザーズ	a i bu ro u tsui za a zu	眉拔
	アイブロウ パウダー	a i bu ro u pa u da a	眉粉
	アイブロウ ペンシル	a i bu ro u pen shi ru	眉筆
	アイブロウ	a i bu ro u	眉刷

	メークアップ ベース	me e ku a ppu be e su	隔離霜
	リキッド ファン デーション	ri ki ddo fan de e sho n	粉底液
	ホワイト コンシール	ho wa i to kon shi i ru	遮瑕膏
	フェイスパウダー	fe i su pa u da a	蜜粉
	パフ	pa fu	粉撲
	パウダー ファンデーション	pa u da a fan de e sho n	粉餅
	チークカラー	chi i ku ka ra a	腮紅
	ファンデーション スポンジ	fan de e sho n su po n ji	化妝海綿
	リップクリーム	ri ppu ku ri i mu	護唇膏
	リップスティック	ri ppu su ti kku	護唇膏
	リップモイスト	ri ppu mo i su to	保濕唇膏
	リップグロス	ri ppu gu ro su	唇蜜
	リップスティック	ri ppu su ti kku	唇膏
	リップ （ライナー）	ri ppu ra i na a	唇筆
口紅	くちべに	ku chi be ni	口紅
爪切り	つめきり	tsu me ki ri	指甲剪
	ハンドクリーム	han do ku ri i mu	護手霜
	マニキュア	ma ni kyu a	指甲油
	トップコート	to ppu ko o to	表層護甲油
	ベースコート	be e su ko o to	基礎護甲油
	ネイルアート	ne i ru a a to	指甲彩繪
	フレンチネール	fu re n chi ne e ru	法式指甲
	ネイルチップ	ne i ru chi ppu	法甲貼片
ラメ入りネイル	ラメいりネイル	ra me i ri ne i ru	亮粉指甲油
	クレンジング	ku ren jin gu	卸妝乳
	クレンジング オイル	ku ren jin gu o i ru	卸妝油
	メーククリア ジェル	me e ku ku ri a jye ru	卸妝凝膠

家庭成員 身體部位 數字・時間 位置・場所 顏色・蔬菜 飲料・料理 家居生活 穿著打扮 化妝保養 休閒運動 交通・住宿 職務・文具

	クレンジング フォーム	ku ren jin gu fo o mu	卸妝泡沫
	アイメイク クレンジング	a i me i ku ku ren jin gu	眼部卸妝液
美容液	びようえき	bi you e ki	精華液
	エッセンス	e sse n su	精華液

智子老師有話說

「減肥豆乳風」

日本跟台灣都曾經掀起一陣子的豆漿（豆乳）風，因為豆漿可以促進女性荷爾蒙（女性ホルモン）的分泌，有美容的效果，對女生的身體很好。而且豆漿跟牛奶比起來，除了鈣質（カルシウム）稍微有點不足以外，其他的維他命（ビタミン）和礦物質（ミネラル）都是更豐富的喔。更別忘了豆漿最大的優點，豆漿是低脂的（低脂肪），所以更被女生們當做是可以幫助減肥（ダイエット）的絕招囉。

跟日本老師這樣學單字

休閒運動

單字	讀法	羅馬拼音	中文意思
	レクリエーション	re ku ri e e shon	娛樂
修學旅行	しゅうがく りょこう	shu u ga ku ryo ko u	校外教學
船旅	ふなたび	fu na ta bi	搭船旅遊
散歩	さんぽ	sa n po	散步
そぞろ歩き	そぞろあるき	so zo ro a ru ki	漫步
遠足	えんそく	en so ku	遠足
	ハイキング	ha i ki n gu	健行
	ピクニック	pi ku ni kku	野餐
	ドライブ	do ra i bu	兜風
登山	とざん	to za n	登山
	キャンピング	kya n pin gu	露營
花見	はなみ	ha na mi	賞花
観菊	かんぎく	ka n gi ku	賞菊
月見	つきみ	tsu ki mi	賞月
紅葉狩り	もみじがり	mo mi ji ga ri	賞楓
	パチンコ	pa chi n ko	柏青哥
	マージャン	ma a ja n	麻將
	トランプ	to ra n pu	撲克牌
	サッカー	sa kka a	足球
柔道	じゅうどう	ju u do u	柔道
	サーフィン	sa a fi n	衝浪
	ジョギング	jo gi n gu	慢跑
	バスケットボール	ba su ke tto bo o ru	籃球
	バレーボール	ba re e bo o ru	排球
野球	やきゅう	ya kyu u	棒球
	テニス	te ni su	網球
	バドミントン	ba do mi n to n	羽毛球
水泳	すいえい	su i e i	游泳
空手	からて	ka ra te	空手道
弓道	きゅうどう	kyu u do u	弓道
剣道	けんどう	ke n do u	劍道
體操	たいそう	ta i so u	體操

家庭成員

身體部位

數字・時間

位置・場所

顏色・蔬菜

飲料・料理

家居生活

穿著打扮

化妝保養

休閒運動

交通・住宿

職務・文具

跟日本老師這樣學單字

卓球	たっきゅう	ta kkyu u	桌球
	ボクシング	bo ku shin gu	拳擊
	ゴルフ	go ru fu	高爾夫
射撃	しゃげき	sha ge ki	射擊
乗馬	じょうば	jo u ba	馬術
自転車	じてんしゃ	ji ten sha	自行車
	マラソン	ma ra son	馬拉松
飛び込み	とびこみ	to bi ko mi	跳水
ボート競技	ボートきょうぎ	bo o to kyo u gi	划艇
	スケート	su ke e to	溜冰
	スキー	su ki i	滑雪
陸上競技	りくじょうきょうぎ	ri ku jo u kyo u gi	田徑
相撲	すもう	su mo u	相撲
	フィッシング	fi sshi n gu	釣魚
	ボウリング	bo u ri n gu	保齡球
	ラグビー	ra gu bi i	橄欖球

智子老師有話說

「玩水勝地」

暑假去海邊游泳，幾乎是日本人在夏天裡最享受的活動了。但不只是游泳而已，衝浪（サーフィン）、玩帆船（ヨット）、潛水（ダイビング）、曬太陽等等，這些都是去海邊玩的目的喔。在東京近郊的湘南（湘南）しょうなん」地區，因為靠海，成為東京人最嚮往居住的城市之一。而提到了海邊，沖繩（沖繩）おきなわ 當然是擁有最多海水浴場和臨海休閒設施的地方了，很多年輕人上半年都拼命打工，就是為了暑假能到沖繩海邊去衝浪呢。

跟日本老師這樣學單字

交通・住宿

單字	讀法	羅馬拼音	中文意思
自由席	じゆうせき	ji yu u se ki	自由座位（無劃位座）
指定席	していせき	shi te i se ki	指定座位（對號入座）
グリーン席	グリーンせき	gu ri i n se ki	豪華座位
普通列車	ふつうれっしゃ	fu tsu u re ssha	普通車
特急列車	とっきゅうれっしゃ	to kkyu u re ssha	特快車
急行列車	きゅうこうれっしゃ	kyu u ko u re ssha	快車
片道切符	かたみちきっぷ	ka ta mi chi ki ppu	單程票
往復切符	おうふくきっぷ	o u fu ku ki ppu	來回票
帰りの切符	かえりのきっぷ	ka e ri no ki ppu	回程票
上り	のぼり	no bo ri	上行車
下り	くだり	ku da ri	下行車
喫煙席	きつえんせき	ki tsu en se ki	吸煙座位
禁煙席	きんえんせき	kin en se ki	禁煙座位
始発	しはつ	shi ha tsu	頭班電車
終電	しゅうでん	shu u de n	末班電車
日帰り	ひがえり	hi ga e ri	當天來回
一日券	いちにちけん	i chi ni chi ke n	一日券
乗り換え	のりかえ	no ri ka e	轉車
寝台	しんだい	shi n da i	臥舖
待合室	まちあいしつ	ma chi a i shi tsu	候車室
払い戻し	はらいもどし	ha ra i mo do shi	退費
券売機	けんばいき	ke n ba i ki	售票機
清算機	せいさんき	se i sa n ki	補票機
改札口	かいさつぐち	ka i sa tsu gu chi	剪票口
案内所	あんないじょ	an na i jo	服務台
時刻表	じこくひょう	ji ko ku hyo u	時刻表
路線図	ろせんず	ro sen zu	路線圖
	ホーム	ho o mu	月台

家庭成員

身體部位

數字・時間

位置・場所

顏色・蔬菜

飲料・料理

家居生活

穿著打扮

化妝保養

休閒運動

交通・住宿

職務・文具

駅弁	えきべん	e ki be n	車站便當
地図	ちず	chi zu	地圖
国際線	こくさいせん	ko ku sa i se n	國際航線
国内線	こくないせん	ko ku na i se n	國內航線
乗り継ぎ	のりつぎ	no ri tsu gi	轉機
搭乗券	とうじょうけん	to u jyo u ke n	登機證
	パスポート	pa su po o to	護照
搭乗ゲート	とうじょうゲート	to u jyo u ge e to	登機門
	ファーストクラス	faa su to ku ra su	頭等艙
	ビジネスクラス	bi ji ne su ku ra su	商務艙
	エコノミー クラス	e ko no mi i ku ra su	經濟艙
重量オーバー	じゅうりょう オーバー	jyu u ryo u o o ba a	超重
荷物預り証	にもつあずかり しょう	ni mo tsu a zu ka ri sho u	行李託運牌
手荷物	てにもつ	te ni mo tsu	手提行李
窓側の席	まどがわのせき	mo do ga wa no se ki	靠窗座位
通路側の席	つうろがわのせき	tsu u ro ga wa no se ki	走道座位
離陸	りりく	ri ri ku	起飛
着陸	ちゃくりく	cha ku ri ku	著陸
入国の書類	にゅうこくの しょるい	nyu u ko ku no sho ru i	入境表格
嘔吐袋	おうとぶくろ	o u to bu ku ro	嘔吐袋
毛布	もうふ	mo u fu	毛毯
中国語の雑誌	ちゅうごくごの ざっし	chu u go ku go no za sshi	中文雜誌
中国語の新聞	ちゅうごくごの しんぶん	chu u go ku go no shin bu n	中文報
免税品	めんぜいひん	men ze i hi n	免稅商品
紙コップ	かみコップ	ka mi ko ppu	紙杯
	イヤホン	i ya ho n	耳機
時差	じさ	ji sa	時差

家庭成員
身體部位
數字・時間
位置・場所
顏色・蔬菜
飲料・料理
家居生活
穿著打扮
化妝保養
休閒運動
交通・住宿
職務・文具

跟日本老師這樣學單字

座席番号	ざせきばんごう	za se ki ban go u	座位號碼
座席ベルト	ざせきベルト	za se ki be ru to	座椅安全帶
乱気流	らんきりゅう	rann ki ryu u	亂流
救命胴衣	きゅうめいどうい	kyu u me i do u i	救生衣
	スチュワーデス	su chu wa a de su	空姐
	チェックイン	che kku in	住房
	チェックアウト	che kku a u to	退房
	カードキー	ka a do ki i	房卡
予約	よやく	yo ya ku	預約
	キャンセル	kyan se ru	取消
鍵	かぎ	ka gi	鑰匙
	シングル	shin gu ru	單人房
	ツインルーム	tsu in ru u mu	雙人房（兩床）
	ダブルルーム	da bu ru ru u mu	雙人房（大床）
	ルームサービス	ru u mu sa a bi su	客房服務
	モーニングコール	mo o nin gu ko o ru	叫醒服務
両替	りょうがえ	ryo u ga e	換錢
	フロント	fu ron to	櫃台
	デポジット	de po ji tto	押金
貴重品	きちょうひん	ki cho u hi n	貴重物品
朝食券	ちょうしょくけん	cyou sho ku ken	早餐券
サービス料	サービスりょう	saa bi su ryo u	服務費
国際電話	こくさいでんわ	ko ku sa i den wa	國際電話
	ロビー	ro bi i	大廳
支配人	しはいにん	shi ha i ni n	飯店經理
為替レート	かわせレート	ka wa se re e to	匯率
荷物	にもつ	ni mo tsu	行李
	エキストラベット	e ki su to ra be tto	（加）床
	キャッシュカード	kya sshu ka a do	提款卡
暗証番号	あんしょうばんごう	an sho u ban go u	密碼
お札	おさつ	o sa tsu	鈔票
硬貨	こうか	ko u ka	硬幣
住所	じゅうしょ	jyu u sho	地址

家庭成員

身體部位

數字・時間

位置・場所

顏色・蔬菜

飲料・料理

家居生活

容著打扮

化妝保養

休閒運動

交通・住宿

職務・文具

跟日本老師這樣學單字

智子老師有話說

「東京大迷宮」

第一次在陌生地方搭車，最擔心的就是要換車（乗り換え）的時候了。而東京車站（東京駅）是所有外國人、甚至是日本人的換車初學者（初心者）最傷腦筋的一個考驗了。東京車站是東日本旅客鐵道（JR東日本）、東海旅客鐵道（JR東海）、東京地下鐵（東京メトロ）聚集的鐵路車站，是日本多條鐵道路線的起點站，數一數，有JR的18線，新幹線的10線，跟東京地下鐵的2線，總共15個月台。它的面積是東京巨蛋（東京ドーム）的3.6倍，每天出發和到達的列車約有3千車次，根據JR東日本的計算，他們每天的運乘人數將近40萬人，但這可是還沒加上JR東海及東京地下鐵的人數喔，很可觀吧？所以，如果是第一次到東京車站的朋友們，建議你的時間不要抓太緊，「享受」一下在巨大迷宮裡迷路的樂趣吧！

跟日本老師這樣學單字

職務・文具

單字	讀法	羅馬拼音	中文意思
社長	しゃちょう	sha cho u	總經理
頭取	とうどり	to u do ri	銀行行長
副社長	ふくしゃちょう	fu ku sha cho u	副總經理
専務長	せんむちょう	se n mu cho u	專務董事
常務長	じょうむちょう	jo u mu cho u	常務董事
部長	ぶちょう	bu cho u	部長
課長	かちょう	ka cho u	科長
代表取締役	だいひょう とりしまりやく	da i hyo u to ri shi ma ri ya ku	董事長
取締役	とりしまりやく	to ri shi ma ri ya ku	董事
株主総會	かぶぬしそうかい	ka bu nu shi so u ka i	股東大會
取締役會	とりしまり やくかい	to ri shi ma ri ya ku ka i	董事會
株式會社	かぶしきがいしゃ	ka bu shi ki ga i sha	股份有限公司
営業部	えいぎょうぶ	e i gyo u bu	營業部
広報部	こうほうぶ	ko u ho u bu	宣傳部
開発部	かいはつぶ	ka i ha tsu bu	開發部
企畫部	きかくぶ	ki ka ku bu	企畫部
販売部	はんばいぶ	han ba i bu	銷售部
購買部	こうばいぶ	ko u ba i bu	採購部
経理部	けいりぶ	ke i ri bu	財務部
株主	かぶぬし	ka bu nu shi	股東
従業員	じゅうぎょういん	ju u gyo u in	職員
本社	ほんしゃ	ho n sha	總公司
支社	ししゃ	shi sha	分公司
蛍光ぺん	サインペン	sa in pen	簽字筆
	けいこうぺん	ke i ko u pe n	螢光筆
	シャープペンシル	sha a pu pen shi ru	自動鉛筆
	ホッチキス	ho cchi ki su	釘書機

家庭成員

身體部位

數字・時間

位置・場所

顏色・蔬菜

飲料・料理

家居生活

穿著打扮

化妝保養

休閒運動

交通・住宿

職務・文具

	しおり	shi o ri	書籤
	セロテープ	se ro te e pu	透明膠
両面テープ	りょうめんテープ	ryo u men te e pu	雙面膠
筆立て	ふでたて	fu de ta te	筆座
便箋	びんせん	bi n se n	便條紙
修正テープ	しゅうせいテープ	shu u se i te e pu	修正帶
輪ゴム	わごむ	wa go mu	橡皮筋
	インクカートリッジ	in ku ka a to ri jji	墨水匣
	フォルダ	fo ru da	文件夾
ファイル袋	ファイルぶくろ	fa i ru bu ku ro	檔案袋
	ファクシミリ	fa kku shi mi ri	傳真機
	シュレッダー	shu re dda a	碎紙機
	のり	no ri	膠水
	シール	shi i ru	貼紙
	タイムレコーダー	ta i mu re ko o da a	打卡機
	タイムカード	ta i mu ka a do	考勤卡

智子老師有話說

「上班族的一天」

上班族的一天通常是從進到辦公室後的檢查信件（メールをチェック）開始的，也會將當天的待辦事項確認（確認する）一下。如果突然看到一個預約面談（アポをとる）的信件時，就得詢問上司，當得到上級的指示是開會之後（ミーティングをした後）再說時，為了確認什麼時候能開會，還得和其他人互相討論（話し合う）才知道。於是，經常一天就被突如其來的大事小事給佔據掉了。

MEMO

Unit 3
跟日本老師這樣學會話

打招呼　 223

早安。おはようございます。o ha yo u go za i ma su

午安／你好。こんにちは。ko n ni chi wa

晚安。こんばんは。 ko n ba n wa ＊傍晚見面時的用語

晚安。おやすみ（なさい）。o ya su mi（na sa i）

＊晚上睡覺前的用語，加なさい更有禮貌。

您好，初次見面。はじめまして。ha ji me ma shi te

我是OO。私はOOです。wa ta shi wa OO de su

敝姓OO。私はOOと申します。wa ta shi wa OO to mo u shi ma su

請多多指教。どうぞ、よろしくお願いします。

do u zo、yo ro shi ku o ne ga i shi ma su

好久不見。お久しぶりです。o hi sa shi bu ri de su ＊較長時間未見

你好嗎？お元気ですか。o ge n ki de su ka

託您的福，很好。お蔭様で元気です。o ka ge sa ma de ge n ki de su

請進。どうぞお入りください。

do u zo o ha i ri ku da sa i ＊主人邀請客人進門時說的話

打擾了。お邪魔します。

o ja ma shi ma su ＊拜訪別人家時，進門時說的第一句話

我開動了。いただきます。i ta da ki ma su

謝謝招待／我吃飽了。ごちそうさまでした。

go chi so u sa ma de shi ta

慰 問

224

不要緊嗎？大丈夫ですか。da i jou bu de su ka

請不要介意。気にしないでください。ki ni shi na i de ku da sa i

請別客氣。どうぞご遠慮なく。do u zo go e n ryo na ku

請保重。お大事に。o da i ji ni　＊多用在探病的時候，醫院場所

道 別

225

我走了／我出門了。いってまいります。

i tte ma i ri ma su　＊自己出門時說的話

路上小心／慢走。いってらっしゃい。

i tte ra ssha i　＊對出門的人說的話

我回來了。ただいま。ta da i ma　＊回家時進門說的第一句話

你回來了。お帰り。o ka e ri　＊用於家人回家時的招呼

再見。さようなら。sa yo u na ra

再見／晚點見。では、また。de wa ma ta

再見。じゃね。ja ne　＊熟人間，較為親暱的說法

再見。バイバイ。ba i ba i　＊熟人間，英語bye bye的說法

打招呼

慰問

道別

說出感謝

表達歉意

祝賀對方

請求拜託

安慰對方

表達情緒

讚美

指責對方

說出意見

3 UNIT 基礎會話

跟日本老師這樣學會話

打招呼

慰問

道別

說出感謝

表達歉意

祝賀對方

請求拜託

安慰對方

表達情緒

讚美

指責對方

說出意見

說出感謝 226

感謝。ありがとう（ございます）。

a ri ga to u（go za i ma su）　＊加上ございます更有禮貌

（非常）感謝。（どうも）ありがとうございます。

（do u mo）a ri ga to u go za i ma su　＊加上どうも更有禮貌

謝謝。感謝いたします。ka n sha i ta shi ma su

承蒙關照。お世話になりました。o se wa ni na ri ma shi ta

哪裡，不客氣。いえ、どういたしまして。i e、do u i ta shi ma shi te

表達歉意 227

不好意思／對不起／借過。すみません。su mi ma se n

對不起。ごめんなさい。go me n na sa i

不好意思／打擾了。失礼します。shi tsu re i shi ma su

我遲到了，對不起。遅れてすみません。o ku re te su mi ma se n

不，沒關係。いや、かまいません。i ya、ka ma i ma se n

請原諒我。どうぞ許してください。do u zo yu ru shi te ku da sa i

只有這個辦不到，請原諒。それだけはご勘弁を願います。

so re ta ke wa go ka n be n wo ne ga i ma su

給您添麻煩了，很抱歉。ご迷惑をかけまして、すみません。

go me i wa ku wo ka ke ma shi te、su mi ma se n

不，這不算什麼。いや、何でもありません。

i ya、na n de mo a ri ma se n

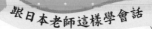

真過意不去。申し訳ございません。
mo u shi wa ke go za i ma se n　＊較正式的說法
請別那麼介意。そんなにお気を使わないでください。
so n na ni o ki wo tsu ka wa na i de ku da sa i

抱歉，今天是我不好。ごめんなさい。今日のことは私が悪かった。
go me na sa i、kyo u no ko to wa wa ta shi ga wa ru ka tta
不，我也是（很抱歉）。いいえ、こちらこそ。i i e、ko chi ra ko so

不好意思。悪いですね。wa ru i de su ne　＊較親暱的朋友用語
沒關係，不要緊。いや、大丈夫ですよ。i ya、da i jo u bu de su yo
不，不要緊。いいえ、かまわないんですよ。
i i e、ka ma wa na i n de su yo

歹勢啦。すまない。su ma na i　＊男性用語
不，沒什麼。いや、なんでもありません。
i ya、na n de mo a ri ma se n　＊男性用語

打招呼

慰問

道別

說出感謝

表達歉意

祝賀對方

請求拜託

安慰對方

表達情緒

讚美

指責對方

說出意見

 祝賀對方

228

打招呼

恭喜。おめでとうございます。o me de to u go za i ma su

慰問

祝賀你成功。ご成功おめでとうございます。

せいこう

go se i ko u o me de to u go za i ma su

道別

聽說你結婚了，恭喜。

けっこん

ご結婚なさったそうで、おめでとうございます。

說出感謝

go ke kkon na sa tta so u de、o me de to u go za i ma su

表達歉意

生日快樂。お誕生日おめでとう（ございます）。

たんじょう び

o ta n jou bi o me de to u（go za i ma su）

祝賀對方

耶誕快樂。メリークリスマス。me ri i ku ri su ma su

請求拜託

新年快樂。よいお年を。yo i o to shi wo　＊過年前

とし

安慰對方

新年快樂。あけましておめでとうございます。

a ke ma shi te o me de to u go za i ma su　＊元旦當天

表達情緒

讚美

 請求拜託

229

指責對方

麻煩了／拜託。お願いします。o ne ga i shi ma su

ねが

一切拜託您／交給您了。お任せします。o ma ka se shi ma su

まか

好的，我很樂意去做。はい、喜んでやらせていただきます。

よろこ

ha i、yo ro ko n de ya ra se te i ta da ki ma su

說出意見

真的很遺憾……本当に残念です……ho n to u ni za n ne n de su

ほんとう　ざんねん

很遺憾，我必須婉拒。残念ですが、お断り致します。

ざんねん　ことわ　いた

za n ne n de su ga、o ko to wa ri i ta shi ma su

想和您談談。話をしたいのですが。ha na shi wo shi ta i no de su ga

有點事想和您商量。ちょっとご相談したいんですが。

cho tto go so u da n shi ta i n de su ga

可以啊。いいですよ。i i de su yo

有點事想拜託您。お願いしたいことがあるんですが。

o ne ga i shi ta i ko to ga a ru n de su ga

有件事想請你幫忙。

ちょっとお手伝いしてもらいたいことがあるんですが。

cho tto o te tsu da i shi te mo ra i ta i ko to ga a ru n de su ga

有件事想麻煩你一下。少しご面倒をおかけすることがあるのですが。

su ko shi go me n do u wo o ka ke su ru ko to ga a ru no de su ga

好的，我很樂意接受。はい、喜んでお引き受けします。

ha i、yo ro ko n de o hi ki u ke shi ma su

請你想想辦法。何とかしてください。na n to ka shi te ku da sa i

好的，我試試看。はい、やってみましょう。ha i、ya tte mi ma sho u

拜託了。頼むよ。ta no mu yo

我明白了。分かりました。wa ka ri ma shi ta

打招呼

慰問

道別

說出感謝

表達歉意

祝賀對方

請求拜託

安慰對方

表達情緒

讚美

指責對方

說出意見

跟日本老師這樣學會話

就這樣做吧。そうしましょう。so u shi ma sho u
謝謝，沒問題的。ありがとう。大丈夫です。
a ri ga to u、da i jo u bu de su
可以借用一下嗎？お借りしてもよろしいでしょうか。
o ka ri shi te mo yo ro shi i de sho u ka
我想打聽一下。ちょっとお聞きしたいんですが。
cho tto o ki ki shi ta i n de su ga
啊，不用了。あ、いいです。a、i i de su
抱歉，不可能。すみません、無理です。su mi ma se n、mu ri de su

安慰對方　230

沒事，沒事！平気、平気！he i ki、he i ki
沒關係。大丈夫。da i jo u bu
不要介意。気にしないで。ki ni shi na i de

沒什麼大不了的喔。たいしたことありませんよ。
ta i shi ta ko to a ri ma se n yo
下次加油不就行了嗎？この次、がんばればいいじゃないか。
ko no tsu gi、ga n ba re ba i i ja na i ka
我會支持你的喔。私、応援しますよ。wa ta shi、o u e n shi ma su yo

表達情緒　231

喜歡。最喜歡。好きです。大好きです。su ki de su、da i su ki de su
討厭，最討厭。嫌い。大嫌い。ki ra i、da i ki ra i

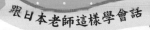
跟日本老師這樣學會話

傷心！悲しい！ka na shi i
太傷心了。悲しくてたまらない。ka na shi ku te ta ma ra na i
心痛了。心が痛みます。ko ko ro ga i ta mi ma su

非常失望。がっかりしました。ga kka ri shi ma shi ta
對他失望了。彼には失望しました。

ka re ni wa shi tsu bo u shi ma shi ta
我已經不行了。私はもうだめです。wa ta shi wa mo u da me de su

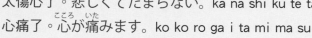
感覺很沉重。どうも気が重いです。do u mo ki ga o mo i de su
總是無精打采的。いつもしょんぼりしている。

i tsu mo sho n bo ri shi te i ru

真的很討厭我嗎？私のこと、本当に嫌いなんですか。

wa ta shi no ko to、ho n to u ni ki ra i na n de su ka
真是討厭的傢伙。本当に憎らしいやつだ。

hon to u ni ni ku ra shi i ya tsu da
那個傢伙真討厭啊。あいつはまったくいやなやつですね。

a i tsu wa ma tta ku i ya na ya tsu de su ne

看到那個傢伙的臉就想吐。あいつの顔を見ると、吐き気がするんだ。

a i tsu no ka o wo mi ru to、ha ki ke ga su ru n da

打招呼

慰問

道別

說出感謝

表達歉意

祝賀對方

請求拜託

安慰對方

表達情緒

讚美

指責對方

說出意見

打招呼

慰問

道別

說出感謝

表達歉意

祝賀對方

請求拜託

安慰對方

表達情緒

讚美

指責對方

說出意見

讚美　232

真氣派。ご立派です。go ri ppa de su

真漂亮。きれいですね。ki re i de su ne

太棒了。素晴らしいですね。su ba ra shi i de su ne

真厲害。すごいですね。su go i de su ne

真了不起。偉いですね。e ra i de su ne

做的真好。お上手ですね。o jo u zu de su ne

不愧是○○（名不虛傳）。さすが○○です。sa su ga ○○ de su

那很好呢。それはいいね。so re wa i i ne

那太好了呢。それはよかったですね。so re wa yo ka tta de su ne

那真是太好了。それはすばらしい。so re wa su ba ra shi i

真的是太讓人高興的事了。本当にうれしいことですね。

ho n to u ni u re shi i ko to de su ne

指責對方　233

真的不知道嗎？本当に知らないのですか。

ho n to u ni shi ra na i no de su ka

為什麼要說我的壞話呢？なぜ私の悪口を言うのですか。

na ze wa ta shi no wa ru ku chi wo i u no de su ka

為什麼做那種事情呢？どうしてそんなことをしたんですか。

do u shi te so n na ko to wo shi ta n de su ka

跟日本老師這樣學會話

你不知道那樣做是不行的嗎？

そんなことをしたらいけないって分かりませんか。

son na ko to wo shi ta ra i ke na i tte wa ka ri ma sen ka

做那樣的事情不覺得丟臉嗎？

そんなことをして恥ずかしくないですか。

son na ko to wo shi te ha zu ka shi ku na i de su ka

為什麼做這麼愚蠢的事情呢？何でこんな馬鹿なことをしたんだ。

nan de kon na ba ka na ko to wo shi tan da

 說出意見 234

怎樣？如何？いかがですか。

i ka ga de su ka ＊詢問對方的感受、看法、意見時

非常好。とてもいいです。to te mo i i de su

你說的一點都沒錯。まったくそのとおりです。

ma tta ku so no to o ri de su

好主意。いいアイディアですね。i i a i di a de su ne

我同意。同意します。do u i shi ma su

我完全同意。まったく同感です。ma tta ku do u ka n de su

打招呼

慰問

道別

說出感謝

表達歉意

祝賀對方

請求拜託

安慰對方

表達情緒

讚美

指責對方

說出意見

跟日本老師這樣學會話

我覺得那樣很好。そうするのがいいと思います。

so u su ru no ga i i to o mo i ma su

我也這樣認為。私もそう思います。 wa ta shi mo so u o mo i ma su

根本不是（那樣）。ぜんぜん違います。 ze n ze n chi ga i ma su

我想你錯了。間違っていると思います。

ma chi ga tte i ru to o mo i ma su

我不這樣認為。私はそう思いません。 wa ta shi wa so u o mo i ma se n

真不可思議。不思議ですね。 fu shi gi de su ne

我覺得很不可思議。不思議だと思います。 fu shi gi da to o mo i ma su

難以相信。信じがたいです。 shi n ji ga ta i de su

這是真的嗎？これは本当ですか。 ko re wa ho n to u de su ka

不知道是不是真的。本当かどうかは分からない。

ho n to u ka do u ka wa wa ka ra na i

我想絕對是騙人的。絶対にうそだと思います。

ze tta i ni u so da to o mo i ma su

沒錯吧？間違いがないでしょうか。 ma chi ga i ga na i de sho u ka

說過的吧？言ったでしょう。 i tta de sho u

你不去嗎？行かないのですか。 i ka na i no de su ka

打招呼

慰問

道別

說出感謝

表達歉意

祝賀對方

請求拜託

安慰對方

表達情緒

讚美

指責對方

說出意見

MEMO

介紹朋友

李：林先生，這位是山下先生。
日語 林さん、こちらは山下さんです。

羅馬拼音 lin sa n, ko chi ra wa ya ma shi ta sa n de su.

山下：我是山下。初次見面，請多多指教。
日語 山下です。はじめまして、どうぞよろしく。

羅馬拼音 ya ma shi ta de su. ha ji me ma shi te,
do u zo yo ro shi ku.

林：我姓林。彼此彼此，也請你多多指教。
日語 私は林です。こちらこそ、どうぞよろしくお願い
いたします。

羅馬拼音 wa ta shi wa lin de su. ko chi ra ko so,
do u zo yo ro shi ku o ne ga i shi ma su.

山下：林先生是大學生嗎？
日語 林さん、大學生ですか。

羅馬拼音 lin sa n, da i ga ku se i de su ka?

林：是的，是大學生。
日語 はい、そうです。

羅馬拼音 ha i, so u de su.

山下：哪裡的大學呢？
日語 どこの大學ですか。

羅馬拼音 do ko no da i ga ku de su ka?

林：是早稻田大學。山下先生的工作是什麼呢？
日語 早稻田大學です。山下さんのお仕事は何ですか。

羅馬拼音 wa se da da i ga ku de su.

ya ma shi ta sa n no o shi go to wa na n de su ka?

山下：我是律師。
日語 弁護士です。

羅馬拼音 be n go shi de su.

 智子老師小說明

◎こちらは山下さんです。
一般在介紹某人時會使用「こちらは○○です」的句型，「こちら」是尊敬的說法，意思是這一位。

◎どうぞ よろしく お願いいたします。
初次見面時，一般會使用「はじめまして どうぞよろしく お願いします」，意思是初次見面請多指教。當你要拜託別人事情的時候，也可以用「どうぞ よろしく お願いいたします」來表示請求。

介紹朋友

接電話

買車票

在msn

沒寫報告

日文課

聽J-POP

加入聊天

動物寶寶

路邊攤

看醫生

生日派對

●接電話

兒子：是。這裡是櫻井家。
日語 はい。桜井です。
羅馬拼音 ha i. sa ku ra i de su.

鄰居阿姨：我是二宮，晚安。
日語 二宮ですが、こんばんは。
羅馬拼音 ni no mi ya de su ga, ko n ba n wa.

兒子：晚安。
日語 こんばんは。
羅馬拼音 ko n ba n wa.

鄰居阿姨：你媽媽在嗎？
日語 お母さんはいらっしゃる？
羅馬拼音 o ka a sa n wa i ra ssya ru?

兒子：媽媽出門了。
日語 母は出かけております。
羅馬拼音 ha ha wa de ka ke te o ri ma su.

鄰居阿姨：這樣啊。大概什麼時候回來呢？
日語 そうですか。いつごろお帰りになりますか？
羅馬拼音 so u de su ka. i tsu go ro o ka e ri ni na ri ma su ka?

兒子：我覺得傍晚會回來吧。
日語 夕方には戻ると思いますが。
羅馬拼音 yu u ka ta ni wa mo do ru to o mo i ma su ga.

鄰居阿姨：那，如果媽媽回來的話，請轉告她二宮打過
電話來。

日語 では、お帰(かえ)りになりましたら、二宮(にのみや)から電話(でんわ)が
あったとお伝(つた)えください。

羅馬拼音 de wa, o ka e ri ni na ri ma shi ta ra, ni no mi ya ka
ra de n wa ga a tta to o tsu ta e ku da sa i.

介紹朋友

接電話

買車票

在msn

沒寫報告

日文課

聽J-POP

加入聊天

動物寶寶

路邊攤

看醫生

生日派對

智子老師小說明

◎**對內、對外，用法不同的日語**
日本社會很注重禮節與上下關係，因此語言的使用又分成了「對
內」和「對外」兩種。例如上文裡提到別人的媽媽時，用的是
「お母(かあ)さん」，說到自己的媽媽時，用的則是「母(はは)」，記得，可
別看到誰都說お母(かあ)さん囉。

◎**尊敬語＋謙讓語＝敬語？**
問對方在不在時，用「いらっしゃる」，是います（在）的尊敬
語；當提到自己的狀況時，用的是「～ております」，是います
（在）的謙讓語。對外時用「尊敬語」，對內時用「謙讓語」，
這些就是所謂的「敬語」了。

◎**掛斷電話時該怎麼說？**
你可以用（1）失礼(しつれい)します，或（2）失礼(しつれい)いたします，還有（3）
ごめんください。

◎**電話相關單字＆用語**
主機：親機(おやき)　　　　子機：子機(こき)
無線：コードレス　　留言：留守電(るすでん)に入れる
講很久的電話：長電話(ながでんわ)する
插撥：キャッチ＝キャッチホン
電話答錄機：留守電(るすでん)＝留守番電話(るすばんでんわ)

買車票

乘客：那個，不好意思請問一下。

日語 ちょっと、すみません。

羅馬拼音 cho tto, su mi ma se n.

站內人員：是的，怎麼了嗎？

日語 はい、どうしましたか？

羅馬拼音 ha i, do u shi ma shi ta ka?

乘客：我想買票，但是不知道機器的使用方法。
該怎麼做好呢？

日語 切符を買いたいですが、機械の使い方がわかりません。
どうしたらいいですか？

羅馬拼音 ki ppu wo ka i ta i de su ga, ki ka i no tsu ka i ka ta ga
wa ka ri ma se n. do u shi ta ra i i de su ka?

站內人員：你要去哪裡？

日語 どこへ行きますか？

羅馬拼音 do ko he i ki ma su ka?

乘客：台北車站。

日語 台北駅です。

羅馬拼音 ta i pe i e ki de su.

站內人員：請先按這個按鈕之後，再投20元。

日語 初めにこのボタンを押してから、
20元を入れてください。

羅馬拼音 ha ji me ni ko no bo ta n wo o shi te ka ra,
ni ju u gen wo i re te ku da sa i.

介紹朋友
接電話
買車票
在msn
沒寫報告
日文課
聽J-POP
加入聊天
動物寶寶
路邊攤
看醫生
生日派對

乘客：按了這個按鈕之後，再投錢對吧？

日語 このボタンを押^おしてから、お金^{かね}を入^いれるんですね。

羅馬拼音 ko no bo ta n wo o shi te ka ra,
o ka ne wo i re ru n de su ne.

站內人員：是的，就是這樣。

日語 はい、そうです。

羅馬拼音 ha i, so u de su.

智子老師小說明

◎ 20元^{にじゅうげん}を入^いれてください

「動詞て形＋ください」表示「請～」。例如：頑張^{がんば}ってください。（請加油）

◎ このボタンを押^おしてから、20元^{にじゅうげん}を入^いれてください

「動詞て形＋から＋動詞」表示做完（某個動作）之後，再做（某個動作）。指在前面動作做完的時間點後再動作，也就是說，重點動作是後面，而前面的動作只在說明一個時間後。

◎ 換句練習

初^{はじ}めこのボタンを押^おしてから、20元^{にじゅうげん}を入^いれてください。

→初^{はじ}めにここを押^おしてから、お金^{かね}を入^いれてください。

　（請先按這個之後，再投錢。）

→お金^{かね}を入^いれる前^{まえ}に、ボタンを押^おしてください。

　（投錢之前，請先按按鈕。）

◎ 車站相關單字

售票處：切符売り場^{きっぷうりば}

自動剪票口：自動改札^{じどうかいさつ}

定期車票：定期券^{ていきけん}

介紹朋友

接電話

買車票

在msn

沒寫報告

日文課

聽J-POP

加入聊天

動物寶寶

路邊攤

看醫生

生日派對

在MSN

陽子：中午要怎麼解決呢？
日語 お昼、どうしましょうか？
羅馬拼音 o hi ru, do u shi ma sho u ka?

真希：有什麼想吃的嗎？
日語 何か食べたいものはありますか？
羅馬拼音 na ni ka ta be ta i mo no wa a ri ma su ka?

陽子：嗯～都可以啊。但是，硬要說的話，清淡一點的東西比
　　　較好。
日語 ん～、何でもいいですよ。でも、強いていえば、
　　　さっぱりしたもののほうがいいです。
羅馬拼音 n, na n de mo i i de su yo. de mo, shi i te i e ba,
　　　sa ppa ri shi ta mo no no ho u ga i i de su.

真希：那，蕎麥麵怎麼樣呢？
日語 じゃ、お蕎麦なんて、どうですか？
羅馬拼音 ja, o so ba nan te, do u de su ka?

陽子：啊，不錯呢！
日語 あ、いいですね！
羅馬拼音 a, i i de su ne.

真希：那，12點10分在一樓台北銀行前等吧！
日語 じゃ、12時 10分に一階の台北銀行前で待ち合わせ
　　　ましょう！
羅馬拼音 ja, ju u ni ji jyu ppun ni i chi ka i no ta i pe i gin ko u de
　　　ma chi a wa se ma sho u.

介紹朋友

接電話

買車票

在msn

沒寫報告

日文課

聽J-POP

加入聊天

動物寶寶

路邊攤

看醫生

生日派對

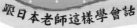
陽子：好，OK。
日語 ええ、OK です。
羅馬拼音 e e, o o ke e de su.

真希：有什麼事，再手機連絡。
日語 何かあったら、携帯に連絡ください。
羅馬拼音 na ni ka a tta ra, ke i ta i ni ren ra ku ku da sa i.

智子老師小說明

◎どうしましょうか？
　「どう」（如何、怎麼樣）是副詞，一般用來修飾動詞，例如「どうしますか」（怎麼辦呢）、「そう思いますか」（你怎麼想呢）。但「どう」是疑問的意思，是副詞，也可以單獨使用來表達疑問，例如，可以直接加表示肯定的助動詞「です」，再加上疑問的「か」來問，就是「どうですか」（怎麼樣呢）。

◎換句練習
お昼、どうしましょうか？
→ランチ、何にしましょうか？（午餐要吃什麼呢？）
強いていえば
＝どちらかというと＝あえていえば（真的要我說的話……）

◎午餐相關單字
濃稠的：こってり
清淡的：さっぱり＝薄味
午間套餐：ランチセット
每天變換菜色的午餐：日替わりランチ＝日替わり定食

介紹朋友

接電話

買車票

在msn

沒宴報告

日文課

聽J-POP

加入聊天

動物寶寶

路邊攤

看醫生

生日派對

沒寫報告

友子：報告，寫完了嗎？
日語 レポート、書き終わった？
羅馬拼音 re po o to, ka ki o wa tta?

清人：嗯。早就寫完了，已經交了喔。
日語 うん。とっくに終わって、もう提出したよ。
羅馬拼音 u n.to kku ni o wa tte, mo u te i shu tsu shi ta yo.

友子：欸～～～～？什麼嘛，我以為清人也還沒寫的說……
日語 えーーーー？なーんだ、
清人も書いてないかと思ったのに…
羅馬拼音 e e e e e? na a n da,
ki yo to mo ka i te na i ka to o mo tta no ni.

清人：喂喂，沒有那種理由吧。再說，明天才要交啊。
日語 おいおい、そんな訳ないだろう。
だって、提出日明日だよ。
羅馬拼音 o i o i, so n na wa ke na i da ro u.
da tte, te i shu tsu bi a shi ta da yo.

友子：啊～怎麼辦？完全不想寫。幫我啦～～～！
日語 あー、どうしよう。全然やる気になれない。
手伝ってーーー！
羅馬拼音 a a, do u shi yo u. ze n ze n ya ru ki ni na re na i.
te tsu da tte e e!

清人：才不要！你自己寫啦。
日語 やだよー！自分で書きなよ。

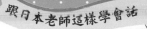

介紹朋友

接電話

買車票

在msn

沒寫報告

日文課

聽J-POP

加入聊天

動物寶寶

路邊攤

看醫生

生日派對

羅馬拼音 ya da yo o. ji bu n de ka ki na yo.

友子：你欺負我～！

日語 いじめだー！

羅馬拼音 i ji me da a!

清人：就說不是欺負妳了！哎，你今晚請熬夜加油啦！

日語 いじめじゃないって！

ま、今晩は頑張って徹夜してくださいな！

羅馬拼音 i ji me ja na i tte!

ma, ko n ba n wa ga n ba tte te tsu ya shi te ku da sa i na!

智子老師小說明

◎日語中的拉長音

當我們跟朋友或同學等比較熟的人說話時，都會比較不拘謹，在日文中除了用普通形的表現之外，也會故意拉長音來表達情緒。例如：「うん」（嗯）是「はい」（是的）的意思；「自分で書きな」是「自分で書きなさい」（妳自己寫）的省略形。而文中的：「えーーーー」＝「ええ？」；「手伝ってーーー」＝「手伝って」，或者是「いやだー」＝「いやだ」，這些都是故意拉長音的。

◎換句練習

レポート、書き終わった？

→レポート、出した？（報告，交了嗎？）

うん。とっくに終わって、もう提出したよ。

→うん。もう終わってるよ。（嗯。已經寫完了喔。）

◎學校相關單字

校門：校門　　　　校園：校庭　　　　體育館：体育館

學生餐廳：学食　　研究室：研究室　　論文：論文

小組課堂討論：ゼミ　社團：サークル

社團活動：部活＝クラブ活動

日文課

老師：快要日文檢定考試了呢。

日語 もうすぐ日本語能力試験ですね。

羅馬拼音 mo u su gu ni ho n go no u ryo ku shi ke n de su ne.

補習班學生：嗯，是啊。我現在就開始緊張了。

日語 はい、そうですね。今から緊張してしまいます。

羅馬拼音 ha i, so u de su ne. i ma ka ra ki n cho u shi te shi ma i ma su.

老師：書唸得有進展嗎？

日語 勉強は進んでいますか？

羅馬拼音 ben kyo u wa su su n de i ma su ka?

補習班學生：雖然每天都在唸書，但總覺得背不起來，傷腦筋。

日語 毎日勉強しているんですけど、なかなか覚えられなくって困っています。

羅馬拼音 ma i ni chi be n kyo u shi te i run de su ke do, na ka na ka o bo e ra re na ku tte ko ma tte i ma su.

老師：你都唸到現在了，請要有信心！再加把勁囉！

日語 今まで勉強してきたんですから、自信を持ってください！もうひと頑張りですよ！

羅馬拼音 i ma ma de be n kyo u shi te ki ta n de su ka ra, ji shin wo mo tte ku da sa i! mo u hi to ga n ba ri de su yo!

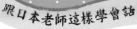跟日本老師這樣學會話

 補習班學生：是。我會加油的。
日語 はい。頑張（がんば）ります。
羅馬拼音 ha i. ga n ba ri ma su.

老師：一起加油吧！大家都還不來耶。
日語 頑張（がんば）りましょう！みんなまだ来（き）ませんね。
羅馬拼音 ga n ba ri ma sho u! mi n na ma da ki ma se n ne.

補習班學生：我想大家是加班吧。
日語 みんな残業（ざんぎょう）なんだと思（おも）います。
羅馬拼音 mi n na za n gyo u na n da to o mo i ma su.

智子老師小說明

◎甘巴茶！頑張（がんば）って！
我們常聽到的「甘巴茶」（頑張（がんば）って）是請對方加油時說的，是「頑張（がんば）ってください」（請加油）的省略。而當有人要你加油的時候，你就要回答：「頑張（がんば）ります」（我會加油），「ます」除了是現在式和未來式之外，也有個人行動的意思。此外，「頑張（がんば）りましょう」是指彼此互相加油、一起加油，多說這些話可以燃燒起自己跟大家的鬥志呢。

◎換句練習
もうすぐ日本語能力試験（にほんごのうりょくしけん）ですね。
→日本語能力試験（にほんごのうりょくしけん）までもうすぐです？
（日語檢定考快要到了喔？）

◎學習相關單字

焦急：焦（あせ）る	補習班：塾（じゅく）	學生折扣：学生割引（がくせいわりびき）
取得資格：資格を取（しかく と）る	技能：キャリア	
提升技能：キャリアアップ	唸得很順利：勉強（べんきょう）がはかどる	

● 聽J-POP

敦子：智久先生常聽什麼歌呢？
日語 智久さんはどうな歌をよく聞くんですか？
羅馬拼音 to mo hi sa san wa do u na u ta wo yo ku ki kun de su ka?

智久：歌啊，還是最喜歡日本的流行歌了呢。敦子小姐呢？
日語 歌は、やっぱり日本のポップスが一番好きですね。
敦子さんは？
羅馬拼音 u ta wa, ya ppa ri ni hon no po ppu su ga i chi ban su ki
de su ne. a tsu ko san wa?

敦子：我也是喔。
日語 私もですよ。
羅馬拼音 wa ta shi mo de su yo.

智久：妳都聽誰的歌呢？
日語 どんな人のを聞くんですか？
羅馬拼音 don na hi to no wo ki kun de su ka?

敦子：我聽絢香、福山雅治、放浪兄弟的喔。智久先生呢？
日語 絢香、福山雅治、エグザイル聞きますよ、
智久さんは？
羅馬拼音 a ya ka, fu ku ya ma ma sa ha ru, e gu za i ru ki ki ma su
yo, to mo hi sa san wa?

智久：我也喜歡絢香和福山雅治的歌。
日語 僕も絢香や福山雅治のは好きですよ。
羅馬拼音 bo ku mo a ya ka ya fu ku ya ma ma sa ha ru
no wa su ki de su yo.

介紹朋友

接電話

買車票

在msn

沒寫報告

日文課

聽J-POP

加入聊天

動物寶寶

路邊攤

看醫生

生日派對

跟日本老師這樣學會話

敦子：很好聽對吧～。我不太知道最近的歌囉。

日語 いいですよね～。私、最近の歌はあまりよく知ら
ないんですよ。

羅馬拼音 i i de su yo ne. wa ta shi, sa i kin no u ta wa a ma ri yo
ku shi ra na in de su yo.

智久：那個、我懂你的意思！因為新的團體或歌手一直出現，
有點不太能跟得上流行對吧？

日語 それ、わかります！
新しいグループや歌手がどんどん出てくるから、
流行りにあまりついていけませんよね。

羅馬拼音 so re, wa ka ri ma su! a ta ra shi i gu ru u pu ya ka shu ga
don don de te ku ru ka ra, ha ya ri ni a ma ri tsu i te i ke
ma sen yo ne.

智子老師小說明

◎絢香や福山雅治のは好きですよ

「絢香のは好きですよ」（喜歡絢香的喔），從上文中可理解喜
歡的是「絢香的歌曲」，省略了「歌」的字，這種語法中文也常
出現，還原後會變成「絢香の歌は好きですよ」。但是如果是
「赤いのは好きだ」（喜歡紅色的（傘））這句話，還原後會是
「赤い傘は好きだ」，由此可知此處的「の」並不單純，它叫做
「形式名詞」，可以代替各種名詞。

◎換句練習

どんな歌をよく聞くんですか？（常聽什麼種類的歌？）
→どんなジャンルの歌をよく聞くんですか？

◎音樂相關單字

搖滾：ロック　　古典：クラッシック　　爵士：ジャズ
雷鬼：レゲエ　　嘻哈：ヒップホップ

右側標籤（由上至下）：
介紹朋友　接電話　買車票　在msn　沒宴報告　日文課　聽J-POP　加入聊天　動物寶寶　路邊攤　看醫生　生日派對

加入聊天

（在MSN上）

結衣：里美上線了！
日語 里美ちゃんがサインイン！
羅馬拼音 sa to mi cha n ga sa in in!

惠梨香：嗯。
日語 ええ。
羅馬拼音 e e.

結衣：三個人一起聊天吧？
日語 三人で話しましょうか？
羅馬拼音 sa n ni n de ha na shi ma sho u ka?

惠梨香：好啊！
日語 そうですね！
羅馬拼音 so u de su ne!

結衣：我叫她看看。
日語 ちょっと、声掛けてみます。
羅馬拼音 cho tto, ko e ka ke te mi ma su.

（過了一會兒）

結衣：咦？
日語 あれ？
羅馬拼音 a re?

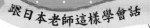

 惠梨香：是怎麼了呢。

日語 どうしたんですかね。

羅馬拼音 do u shi ta n de su ka ne.

結衣：對阿，沒進來耶。

日語 ええ、入ってきませんね。

羅馬拼音 e e, ha i tte ki ma se n ne.

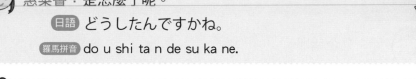
智子老師小說明

◎声掛けてみます
こえか

「動詞て形＋みる」就是中文的「做（動作）～看看」，後半部的「みる」很容易聯想到另一個動詞「見る」，但「見る」在這裡叫作「補助動詞」，雖然多少保留了原來的動詞意思，但不能寫出漢字，而是要用「みる」。

◎網路相關單字
上線：オンライン	下線：オフライン
帳號：アカウント	登入：ログイン
登出：ログアウト	使用者：ユーザー
圖畫文字：絵文字	表情文字：顔絵文字
網路電話：IP電話	

介紹朋友

接電話

買車票

在msn

沒寫報告

日文課

聽J-POP

加入聊天

動物寶寶

路邊攤

看醫生

生日派對

跟日本老師這樣學會話

• 動物寶寶

 剛：是企鵝耶。
日語 ペンギンですよ。
羅馬拼音 pe n gi n de su yo.

 優子：小寶寶被生出來了呢。
日語 赤ちゃんが生まれたんですね。
羅馬拼音 a ka cha n ga u ma re ta n de su ne.

 剛：電視新聞也有播報過喔。
日語 テレビのニュースでもやっていましたよ。
羅馬拼音 te re bi no nyu u su de mo ya tte i ma shi ta yo.

 優子：欸～。小小的好可愛呢。
日語 へー。小さくってかわいいですね。
羅馬拼音 he e. chi i sa ku tte ka wa i i de su ne.

 剛：是啊，真的很可愛。
日語 ええ、本当に。
羅馬拼音 e e, hon to u ni.

 優子：但是，在這麼熱的國家，好像有點可憐。
日語 でも、こんな暑い国にいるなんて、
なんだか気の毒です。
羅馬拼音 de mo, ko n na a tsu i ku ni ni i ru na n te,
na n da ka ki no do ku de su.

剛：這麼一說，好像不管哪隻企鵝都沒什麼精神吧。

日語 そういえば、どのペンギンも元気がないですよね。

羅馬拼音 so u i e ba, do no pe n gi n mo ge n ki ga na i de su yo ne.

優子：因為這麼熱嘛。一定是中暑了。

日語 こんなに暑いんですもん。きっと夏バテですよ。

羅馬拼音 kon na ni a tsu in de su mon. ki tto na tsu ba te de su yo.

智子老師小說明

◎赤ちゃんが生まれたんですね

這裡的「生まれる」＝「誕生する」，是小寶寶出生的意思，是小孩自己出生出來，用的是「自動詞」。如果從媽媽的觀點來說，媽媽生下小寶寶，就要用「他動詞」的「生む」＝「生する」，就會變成「お母さんが赤ちゃんを生む」（媽媽生小孩）的句子了。

◎きっと夏バテですよ

「きっと」是一定的意思，「必ず」是必定、務必的意思。例如：「きっと大丈夫」（一定沒問題的）、「必ず実現する」（必定會實現的），很好用喔。

◎動物相關單字

柵欄：柵	入場券：入園料
水族館：水族館	動物園：動物園

野生動物園：サファリパーク

出産する（生產）	子供を生む（生小孩）
遠足：遠足	校外教學：修学旅行

右側標籤：介紹朋友　接電話　買車票　在msn　沒寫報告　日文課　聽J-POP　加入聊天　動物寶寶　路邊攤　看醫生　生日派對

路邊攤

玲奈：夜市好熱鬧喔。

日語 夜市ってにぎやかなんですね。

羅馬拼音 yo i chi tte ni gi ya ka nan de su ne.

偉翔：是啊，每天晚上都這樣喔。

玲奈小姐，妳敢吃路邊攤嗎？

日語 ええ、夜は毎日こうですよ。

玲奈さん、屋台料理が食べられますか？

羅馬拼音 e e, yo ru wa ma i ni chi ko u de su yo.

re i na san, ya ta i ryo u ri ga ta be ra re ma su ka?

玲奈：我一次也沒吃過耶。

日語 一度も食べたことがないんですよ。

羅馬拼音 i chi do mo ta be ta ko to ga na in de su yo.

偉翔：可以的話，要挑戰看看嗎？我介紹幾家推薦的店。

日語 よかったら、チャレンジしてみませんか？

お勧めのお店をいくつか紹介します。

羅馬拼音 yo ka tta ra, cha ren ji shi te mi ma sen ka? o su su me no

o mi se wo i ku tsu ka sho u ka i shi ma su.

玲奈：那，麻煩你了。

日語 じゃ、お願いします。

羅馬拼音 ja, o ne ga i shi ma su.

偉翔：那首先，要不要一起從那邊的臭豆腐開始吃吃看？

日語 まずは、あそこの臭豆腐から食べてみましょうか？

羅馬拼音 ma zu wa, a so ko no shu u to u fu ka ra ta be te mi sho u ka？

玲奈：欸～聽名字就好像很臭很恐怖，真的好吃嗎？

日語 えっー、名前からして臭そうで怖いんですけど、
おいしいんですか？

羅馬拼音 e e, na ma e ka ra shi te ku sa so u de ko wa in de su ke do, o i shi in de su ka?

偉翔：很好吃喔。一吃看看就知道了。那，走吧。

日語 おいしいですよ。食べてみたらわかります。
じゃ、行きましょう。

羅馬拼音 o i shi i de su yo. ta be te mi ta ra wa ka ri ma su.
jya, i ki ma sho u.

智子老師小說明

◎屋台料理が食べられますか

「られる」是「可能動詞」，除了表示個人的「能力」之外，還有「允許」在某條件下做某種行為的意思。翻譯成中文的話就更多元了，例如：「料理ができる」（會做菜）、「刺身が食べられる」（敢吃生魚片）、「教室でお菓子が食べられる」（在教室可以吃零食）、「一人で行ける」（能夠一個人去）等等。

◎換句練習

チャレンジしてみませんか？

→トライしてみませんか？（不試試看嗎？）

→試してみませんか？（不試試看呢？）

◎夜市相關單字

夜市：ナイトマーケット　　露天店面：露天

果汁：果物ジュース　　　　炒米粉：焼きビーフン

蚵仔煎：牡蠣入りオムレス

跟日本老師這樣學會話

看醫生

雅美：前天晚上開始發燒，身體好累。
日語 一昨日の晩から熱が出て、体がすごくだるいんです。
羅馬拼音 o to to i no ban ka ra ne tsu ga de te,
ka ra da ga su go ku da ru in de su.

醫生：有咳嗽嗎？
日語 咳は出ますか？
羅馬拼音 se ki wa de ma su ka?

雅美：沒有，沒怎麼咳嗽。
日語 いいえ、あまり出ません。
羅馬拼音 i i e, a ma ri de ma sen.

醫生：請把嘴巴張開一下。
日語 ちょっと口を開けてください。
羅馬拼音 cho tto ku chi wo a ke te ku da sa i.

雅美：好。
日語 はい。
羅馬拼音 ha i.

醫生：是流行性感冒呢。
日語 インフルエンザですね。
羅馬拼音 in fu ru en za de su ne.

雅美：我知道了。那個，因為我明天有很重要的會議，無論如何非去公司不可……

左側標籤：
介紹朋友
接電話
員車票
在msn
沒寫報告
日文課
聽J-POP
加入聊天
動物寶寶
路邊攤
看醫生
生日派對

日語 わかりました。あの、明日大切な会議があるので、どうしても会社へ行かないといけないんですが。

羅馬拼音 wa ka ri ma shi ta. a no, a shi ta ta i se tsu na ka i gi ga a ru no de, do u shi te mo ka i sha he i ka na i to i ke na in de su ga.

醫生：不可以喔。在家裡休息個兩、三天比較好喔。

日語 駄目ですよ。
2、3日は家で休んだほうがいいですよ。

羅馬拼音 da me de su yo.
ni san ni chi wa i e de ya sun da ho u ga i i de su yo.

智子老師小說明

◎ちょっと口を開けてください

「ちょっと」是副詞，最常表示程度或份量只有一點點，例如：「テストはちょっと難しかった」（考試有一點難）。內文中則表示用較輕鬆的態度來做某個動作，中文也有類似的說法，像是：「我去那裡一下」（ちょっとあそこまで）。而「ちょっと」也有「非常」的意思，例如：「ちょっと名の知れた作家」（頗具知名的作家）等等。

◎看病相關單字

發燒：熱がある	發燒：熱が上がる
退燒：熱が下がる	頭痛：頭痛がする
喉嚨痛：喉が痛い	發冷：悪寒がする
身體疲勞：体がだるい	燒燙傷：やけどをする
有副作用：副作用がある	會過敏：アレルギーがある
打點滴：天敵をする	

右側標籤：介紹朋友　接電話　買車票　在msn　沒寫報告　日文課　聽J-pop　加入聊天　動物寶寶　路邊攤　看醫生　生日派對

生日派對

美嘉：下禮拜六，要舉辦小葵小姐的生日派對，雅人先生有聽說了嗎？

日語 来週の土曜日、葵さんの誕生会をやるんですけど、雅人さんもう聞きました？

羅馬拼音 rai shu u no do yo u bi, a o i san no tan jo u ka i wo ya run de su ke do, ma sa to san mo u ki ki ma shi ta?

雅人：咦？還沒聽說呢。在哪裡舉辦呢？

日語 え、まだ聞いていません。どこでやるんですか？

羅馬拼音 e, ma da ki i te i ma sen. do ko de ya run de su ka?

美嘉：在西門町的KTV，時間是晚上七點開始喔。

日語 西門町の KTV で、時間は夜の７時からですよ。

羅馬拼音 ni shi mon chou no KTV de, ji kan wa yo ru no shi chi ji ka ra de su yo.

雅人：啊，是那裡嗎？那麼，蛋糕或禮物要怎麼辦呢？

日語 あ、あそこですか。
で、ケーキやプレゼントはどうするんですか？

羅馬拼音 a, a so ko de su ka. de, ke e ki ya pu re zen to wa do u su run de su ka?

美嘉：小優小姐說要買蛋糕，禮物是各自帶去的。

日語 ケーキは優さんが買うって言っていました。
プレゼントは、各自持参です。

羅馬拼音 ke e ki wa yu u san ga ka u tte i tte i ma shi ta. pu re zen to wa, ka ku ji ji san de su.

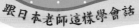

雅人：我知道了。會事先準備好呢。
日語 わかりました。用意しておきますね。
羅馬拼音 wa ka ri ma shi ta. yo u i shi te o ki ma su ne.

介紹朋友

接電話

美嘉：然後，因為我們想給小葵小姐一個驚喜，所以還沒告訴
她這件事喔。
日語 それで、葵さんを驚かせようと思っているので、
このことは話していないんですよ。
羅馬拼音 so re de, a o i san wo o do ro ka se yo u to o mo tte i ru
no de, ko no ko to wa ha na shi te i na in de su yo.

買車票

在msn

雅人：OK！要對小葵小姐保密到生日當天對吧！
日語 OK！葵さんには当日まで内緒ってことですね！
羅馬拼音 o o ke e! a o i san ni wa to u ji tsu ma de na i sho tte ko
to de su ne!

沒寫報告

日文課

聽J-POP

智子老師小說明

加入聊天

◎ **ケーキは優さんが買うって言っていました**

「～と言っていました」表示傳達第三者說的話，例如：「加藤
さんはあした出張すると言っていました」（加藤先生說他明天
要出差），因為是第三者說出口的，所以「言っていた」永遠是
過去式的狀態，但所說的內容就不一定了。而「と」是指說話的
內容，一般會話時經常變音為「って」。

動物寶寶

路邊攤

◎ **生日相關單字**

秘密：内緒＝秘密　　蠟燭：蝋燭＝キャンドル
生日蛋糕：バースデーケーキ
生日派對：誕生会＝誕生日会＝バースデーパーティー

看醫生

生日派對

我們改寫了書的定義

創辦人暨名譽董事長　王擎天
總經理暨總編輯　歐綾纖　　印製者　家佑印刷公司
出版總監　王寶玲

法人股東　華鴻創投、華利創投、和通國際、利通創投、創意創投、中國電
　　　　　視、中租迪和、仁寶電腦、台北富邦銀行、台灣工業銀行、國寶
　　　　　人壽、東元電機、凌陽科技(創投)、力麗集團、東捷資訊

◆台灣出版事業群　新北市中和區中山路2段366巷10號10樓
　　　　　　　　　TEL：02-2248-7896
　　　　　　　　　FAX：02-2248-7758

◆北京出版事業群　北京市東城區東直門東中街40號元嘉國際公寓A座820
　　　　　　　　　TEL：86-10-64172733
　　　　　　　　　FAX：86-10-64173011

◆北美出版事業群　4th Floor Harbour Centre P.O.Box613
　　　　　　　　　GT George Town, Grand Cayman,
　　　　　　　　　Cayman Island

◆倉儲及物流中心　新北市中和區中山路2段366巷10號3樓
　　　　　　　　　TEL：02-8245-8786
　　　　　　　　　FAX：02-8245-8718

全　國　最　專　業　圖　書　總　經　銷

國家圖書館出版品預行編目資料

跟著日本老師學得快：初學者大丈夫，50音、單字、
會話一次上手！／藤井智子著. -- 初版. -- 新北市：
知識工場出版 采舍國際有限公司發行, 2015.12
　面；　公分. --（日語通；23）
ISBN 978-986-271-655-7（平裝附光碟片）
1.日語　　2.讀本

803.18　　　　　　　　　　　　　　104022812

知識工場 · 日語通 23

跟著日本老師學得快：
初學者大丈夫，50音、單字、會話一次上手！

出版者／全球華文聯合出版平台・知識工場

作　　者／藤井智子　　　　　　　　　文字編輯／馬加玲

出版總監／王寶玲　　　　　　　　　　美術設計／吳佩真

總 編 輯／歐綾纖　　　　　　　　　　譯　　者／MIKA

郵撥帳號／50017206 采舍國際有限公司（郵撥購買，請另付一成郵資）

台灣出版中心／新北市中和區中山路2段366巷10號10樓

電　　話／（02）2248-7896

傳　　真／（02）2248-7758

ISBN-13／978-986-271-655-7

出版日期／2015年12月

全球華文市場總代理／采舍國際

地　　址／新北市中和區中山路2段366巷10號3樓

電　　話／（02）8245-8786

傳　　真／（02）8245-8718

港澳地區總經銷／和平圖書

地　　址／香港柴灣嘉業街12號百樂門大廈17樓

電　　話／（852）2804-6687

傳　　真／（852）2804-6409

全系列書系特約展示

新絲路網路書店

地　　址／新北市中和區中山路2段366巷10號10樓

電　　話／（02）8245-9896

網　　址／www.silkbook.com

本書全程採減碳印製流程並使用優質中性紙（Acid & Alkali Free）最符環保需求。

本書為日語名師及出版社編輯小組精心編著覆核，如仍有疏漏，請各位先進不吝指正。來函請寄
chialingma@mail.book4u.com.tw，若經查證無誤，我們將有精美小禮物贈送！

knowledge 知識工場
Knowledge is everything！